Albert Engelhardt – Splitter

Albert Engelhardt

Splitter bis

zum Horizont

und

Kaugummi an den

Schuhen

Autobiografisches

1951 – 1971

Bibliografische Information der Deutschen Nationalbibliothek:
Die Deutsche Nationalbibliothek verzeichnet diese Publikation in der Deutschen
Nationalbibliografie; detaillierte bibliografische Daten sind im Internet über
http://dnb.dnb.de abrufbar.

© 2022 Albert Engelhardt
Herstellung und Verlag
BoD – Books on Demand, Norderstedt
ISBN: 9783755759355

Meinen Eltern

Georg Engelhardt

(1926-1984)

Barbara Engelhardt, geb. Eisenmenger

(1928-2018)

Den Abgrund erkunden zwischen der ungeheuren Wirklichkeit eines Geschehens in dem Moment, in dem es geschieht, und der merkwürdigen Unwirklichkeit, die dieses Geschehen Jahre später annimmt.
Annie Ernaux, Erinnerung eines Mädchens

Dieses Bild war so tief mit meiner Kindheit verbunden und mit meiner Vorstellung, was ich als Kind gewesen sein mochte, dass es war, als schöben sich zwei unterschiedliche Wirklichkeitsebenen übereinander, und es knirschte und bebte wie bei einer zu schnellen Bewegung der Kontinentalplatten.
Nora Bossong, Schutzzone

Selbst wichtige Ereignisse, die in meiner Biographie tiefe Spuren hinterlassen haben, die Wendepunkte waren, erinnere ich oft nicht, als hätten sie ohne meine Anwesenheit, ohne mein Zutun stattgefunden. Und dann wieder gibt es kleine Szenen, die vermeintlich ohne Bedeutung sind und die mir doch (...) so präsent sind, als hätte ich sie eben erst erlebt.
Peter Stamm, Die sanfte Gleichgültigkeit der Welt

Der Vorwurf. Sie interessierten sich doch gar nicht für das, was er tue, was er wolle, was ihn beschäftige. Sie interessierten sich doch – *im Grunde genommen* – gar nicht für ihn.

Sie widersprechen nicht. Gewohnte Sprachlosigkeit. Die Mutter bricht in leise Tränen aus. Der Vater lässt ihn stehen.

Er bereut. Schämt sich des unberechtigten Vorwurfs, der Wut, ist wütend auf sich selbst.

Der hilflos dahin gesagte Satz ist das Eingeständnis, das eigene Tun, sein Wollen und Wünschen, *das Ich* in seinem Andersgewordensein und seiner Vielgestalt nicht erklären zu können. Dafür keinen Ausdruck und keine Worte zu finden.

Er schämt sich, weil der Vorwurf denjenigen gilt, die *alles* für ihn getan hatten, immer tun würden.

Sechs Jahre sind es, die er in der Universitätsstadt leben wird. Rund zweihundert Kilometer entfernt von seiner Heimat, der Kleinstadt seiner Jugend, dem Dorf seiner Kindheit, seinem Geburtshaus.

Der Vater ist als ältester Sohn geboren worden, gefolgt von drei Schwestern, die Mutter als eines von fünf Mädchen (ihr großer Bruder A. – der erstgeborene Junge wird seinen Namen tragen – ist an der Wolga *gefallen*).

Auch noch im Jahr seines Examens, fünfundzwanzig Jahre nach seiner Geburt, werden die Großeltern, alle Onkel, alle Tanten, alle Cousinen und Cousins nicht weiter als zwanzig Kilometer entfernt von dem Ort im Odenwald leben, wo ihre Wiege stand.

Der Vater hat Träume. Er giert nach dem Leben, auch dem süßen. Er hat Fernweh, das er in jungen Jahren mit einer Paris-Reise bedient.

Der Wunsch des Vaters, als Heranwachsender das Geigenspiel zu erlernen, ist nicht zu verwirklichen. Es fehlt das Verständnis der Eltern und das nötige Geld für das Instrument. Als Akkordeonspieler und an einer Hammondorgel unterhält er Jahre später sich und manche Gesellschaft. Er liest viel, wird schon in den frühen Fünfzigern Mitglied eines Buchclubs. Neben Althergebrachtem wie Ganghofer, Rosegger und Thoma finden sich große Franzosen (Zola, Flaubert, Balzac, Hugo) im Regal, auch Cronin und Thackeray, Dostojewski, Tolstoi, in den späten Fünfzigern dann Baldwin, Grass und Lattmann.

Die Mutter reist ungern, ist bescheiden und sparsam. Sie liest die Zeitung. Sollte sie jemals Träume und luftige Wünsche gehabt haben, hält sie diese unter Verschluss. Einen konkreten Wunsch will ihr jedoch der Sohn erfüllen, so sein Versprechen: einen echten Pelzmantel, bezahlt mit dem ersten selbstverdienten Gehalt.

Lachen, Freude, Ungläubigkeit.

Sie (oder wer auch immer) wird ihm zehn, fünfzehn Jahre später zuvorkommen. Ein Pelzmantel hängt an der Garderobe.

Der junge Mann nimmt es ihr übel.

FAST FÜNFZIG JAHRE SPÄTER FINDET SICH DIESER PELZMANTEL – UNGETRAGEN, DAS *SONDERVERKAUF*-SCHILD NOCH AM KRAGEN – IM NACHLASS DER VERSTORBENEN MUTTER.

ER HÄNGT JETZT AUF EINEM BÜGEL NEBEN MEINEN ANORAKS UND RADTRIKOTS.

Sein Vater ist ein attraktiver Mann. Und begehrt. Schwarzes, leicht gewelltes Haar, schlank, sportlich, markante Gesichtszüge. Ein Charmeur gegenüber anderen Frauen. Selbst seine Schwägerinnen, die gerade aus diesem Grund wenig von ihm halten, umschwärmen ihn. Der *südländische Typ* ist in diesen Jahren begehrt.

Ein Foto, mit Selbstauslöser geschossen: Lässig, eine Zigarette in der Hand, ein Glas in der anderen. Halstuch. Ein anderes zeigt den schönen Mann wiederum mit Zigarette zwischen den Lippen, eine Illustrierte lesend. O.W. Fischer und Hilde Krahl auf der Titelseite.

Die Mutter ist eher blass. Unscheinbar. Verträumt, hoffend in die Kamera blickend. Danach ein Leben, das ihr nach und nach, unaufhörlich, in unendlich vielen, auch winzigen Dosen die Freude und Zuversicht nimmt.

Das Hochzeitsfoto ist konventionell. Schwarzer Anzug, weißes Brautkleid. Kleine Sträuße. Nur Rumpf und Gesichter sind zu sehen. Stumm, ernst dreinblickend. Vereint. *So einig* sollte der Junge die Eltern nie erleben.

Die Hochzeitsreise führt das Paar an den Königsee, Ramsau, Sankt Bartholomä. Zehn Jahre später fahren der Vater und die Mutter ein zweites

Mal gemeinsam in Urlaub. Osttirol. Danach nie mehr.

Der Junge (und auch seine Schwester) verbringen ihr Leben lang keinen einzigen Urlaub mit den Eltern. Es fehlt dafür das Geld. Ein Mangel, der aufgrund fehlenden Interesses an einem Familienurlaub nicht benannt werden muss.

ERST JAHRZEHNTE SPÄTER, NACH IHREM TOD, FINDE ICH FOTOGRAFIEN (ODER NEHME DIESE ERSTMALS SO WAHR!), DIE DIE MUTTER ALS EIGENWILLIGE, SELBSTBEWUSSTE JUNGE FRAU ZEIGEN.

ICH ENTDECKE EIN SCHÖNES GESICHT.

Alle Verwandten leben im Odenwald. Väterlicherseits, mütterlicherseits. In der Kreisstadt sind Opa G. und Oma E., die Eltern des Vaters, zuhause, in einem nahen Tal, direkt an der Grenze zu Bayern, ist die Mutter geboren, Tochter von Opa M. und der zweiten Oma, ebenfalls E. gerufen.

Opa M. ist schon immer sehr alt. Die im Rückblick stabile Erinnerung, die immer abgerufen werden kann: 1959, der Junge ist acht Jahre, und der Großvater mütterlicherseits feiert Geburtstag. Die Siebzig – 70 – prangt an dem überquellenden Präsentkorb mit Zigarren und Wurst, Weinbrand und Schnapspralinen, Schwarzwälder Schinken, Taschenmesser, Schnupftüchern.

Die Enkel lernen Opa M. als weißhaarigen, groß gewachsenen, etwas gebeugt gehenden Immer-schon-alten-Mann kennen. Nebenerwerbsbauer, drei Kühe im Stall, zwei Schweine, Hühner. Viele Äcker und Wiesen. Dass Opa M. fünf Jahrzehnte als Maurer gearbeitet hat, wissen nur seine Töchter und Schwiegersöhne. Die Enkel kennen ihn als denjenigen, der samstags den kleinen Hof und die Straßenfront kehrt und auch sonst hier und da noch mit Hand anlegt.

Opa M. und Oma E. sind gläubig. Protestanten – wie bis zum Ende des Krieges fast alle Einheimischen. Opa M. gilt als ebenso klug wie der Pfarrer, dem er in seiner freien Zeit zur Hand geht. Auf dem Friedhof, in der Kirche, an Feiertagen und bei Festen. Bei Opa M. lernt der Junge das *Evangelische Sonntagsblatt* kennen, blättert es durch, erfährt von Bodelschwingh, Bethel, Albert Schweitzer, Martin Niemöller.

Opa M. ist belesen. Ein kluger Mann. Er hätte, wären die Umstände andere gewesen, *sogar Professor* werden können. So heißt es. Wie ein entfernter Verwandter, der angeblich in Hamburg lebt.

Opa G. trinkt. Er ist Bierkutscher und befährt für die örtliche Brauerei mit einem schweren *MAN*-Lastzug die weitesten Strecken. Bis Frankfurt oder bis Worms, Mannheim, Kaiserslautern. Ein Beifahrer, Herr H. aus der Nachbarschaft, als Hilfe. In den Sommerferien, die der Junge fast immer bei den Großeltern in der Kreisstadt verbringt, gehören diese Fahrten – neben dem großen Volksfest – zu den Höhepunkten.

Der Lkw ist mit Bierkästen und mehr noch mit Bierfässern beladen, die an den Zielorten von der Ladefläche gerollt werden und auf ein dickes Lederkissen fallen. Die Eisstangen, mit Fleischerhaken bewegt und durch Kartoffelsäcke abgedeckt, tragen die Männer in die Kühltruhen.

Die Strecken hinaus aus dem Odenwald sind eng und voller Kurven. Ein Auf und Ab. Der Junge fühlt sich, auf einem Extra-Kissen im Führerhaus sitzend, als kleiner Kapitän der Landstraße.

Die Gastwirtschaften in den fernen Städten sind oft Kaschemmen, liegen in dunklen Straßen und werden von dunklen Gestalten besucht. So scheint es dem Jungen, der ängstlich, neugierig und fasziniert ist. Die Kneipen sind nicht zu vergleichen mit den Dorfwirtschaften oder Ausflugslokalen, die er kennt.

Die Erwachsenen trinken in der Mittagspause ihr *Export*, der Junge freut sich schon frühmorgens beim Aufbruch auf das Malzbier. Manchmal spendieren Wirte ein Mittagessen.

Opa G. ist gewalttätig, gegen Sachen. Er wirft einen Kochtopf aus dem Küchenfenster im zweiten Stock auf die benachbarte Wiese.

Die Fahrt in die langen Ferien bewältigt der Junge schon früh selbstständig. Anfangs wird er noch drei Stationen bis zum Darmstädter Hauptbahnhof und dort zum Bummelzug in den Odenwald begleitet. Bald schon tritt er alleine die gut sechzig Kilometer lange Reise an. Seinen kleinen rotschwarzkarierten Stoffkoffer in der Hand, den Freifahrtschein im Portemonnaie. Ende der Fünfzigerjahre kennen sich viele Eisenbahner in der Region noch persönlich. Die Zugschaffner wissen, wer der alleinreisende Junge ist.

Nicht hinauslehnen. Do not lean out. Ne pas se pencher au dehors. Epericoloso sporgersi. Ein breiter Ledergurt, mit dem die Fenster geöffnet und geschlossen werden können. Gepäcknetze. Schwere Türen. Lokomotivführer und Heizer. Kohletender. Bremserhäuschen. Viel moderner schon der Schienenbus. Sitze und ganze Sitzreihen können in die eine oder andere Richtung umgeklappt werden. Am liebsten sitzt er im zweiten Wagen, im Gepäckraum. Die Panoramascheibe macht es möglich, dass der Junge lange die zurückgelegten Streckenabschnitte im Auge behalten kann. Die Bahnhöfe, die Felder und Wiesen, die zahlreicher und höher werdenden Hügel. Das weite Tal. Die Tunneleinfahrt und die

Tunnelausfahrt. Die Signale und Bahnübergänge. Und vom Anfang bis zum Ende der Fahrt die Schienenstränge.

Unbändige Vorfreude auf dem Weg zum Haus der Großeltern, vorbei an der Güterhallle, der großen Laderampe, nach rechts über den Bahnübergang, links die Fachschule, rechts das große Areal der Brauerei. Gegenüber steht das Haus des Brauereibesitzers. Daneben Erhardts kleiner Laden, *Kolonialwaren* ist in einem großen Bogen in die Milchglasscheibe graviert.

Der Bach, die Metzgerei des Viertels, eine Gastwirtschaft, dann links das Kreiskrankenhaus, rechts abbiegen, noch fünfzig Meter, vorbei an einer Wiese. Dann das Haus: *Am Brühl 19.*

OB ICH AM BAHNHOF ABGEHOLT WORDEN BIN (WAS WAHRSCHEINLICH IST), UND WENN JA, VON WEM, ERINNERE ICH NICHT.

Mit dem Ende der Kindheit enden auch die engen Beziehungen zu den Cousins und Cousinen. Die regelmäßigen Treffen – Geburtstage, Konfirmationen, Ostern oder Weihnachten – werden nicht mehr wie selbstverständlich wahrgenommen. Die ersten Hochzeiten der ungefähr Gleichaltrigen und die Taufen der nächstgeborenen Generation markieren schrittweise das Ende der Großfamilien. Die Verzweigung wird unübersichtlich, das gegenseitige Interesse schwindet, *die eigenen Leben* fordern ihren Platz.

Es können plötzlich Jahre vergehen, bis man die Patentante, die Lieblingscousine oder den immer witzigen Onkel und den heimtückischen Lieblingsenkel eines Opas wiedersieht. Zufällig. Ein zweimaliges Hinsehen-Müssen, ein Schwätzchen, wahllos ausgesprochene Floskeln, bruchstückhafte Erinnerungen, ein Bier, Kaffee und Kuchen, Leichenschmaus. Ein leichtfertig dahingesagtes *Bis zum nächsten Mal.*

Ich stand in den Siebziger-, Achtziger- und Neunzigerjahren weder bei den Beerdigungen der Großeltern noch bei den Beerdigungen von fünf verstorbenen Tanten und zwei Onkeln am

GRAB. DIESE ABSTINENZ TRAF BEIDE SEITEN DER FAMILIE.

ANLÄSSLICH DES TODES MEINER PATIN MACHTE ICH, SELBST BEREITS FÜNFZIG JAHRE ALT, EINE AUSNAHME.

SEIT VIELEN JAHREN HABE ICH ZU NIEMANDEM MEHR AUS DEM KREIS DER EHEMALS SIEBEN TANTEN, DER ANGEHEIRATETEN ONKEL UND ZWÖLF COUSINS UND COUSINEN NOCH IRGENDEINEN KONTAKT.

D ie Familie – Vater, Mutter, der Junge, seine Schwester und dann auch der nachgeborene Bruder – lebt im Laufe der Zeit an zwei Orten, unter drei Adressen, in fünf verschiedenen Wohnungen zusammen.

Geboren wird der Junge im Mai 1951, am Pfingstdienstag, in einer kleinen Stube im Elternhaus des Vaters. Dort bewohnt die nun dreiköpfige Familie ein winziges Zimmer im Parterre. Die beiden anderen Zimmer dienen den Urgroßeltern des Neugeborenen als Schlaf- und Wohnzimmer, wobei im Wohnzimmer – durch einen Vorhang abgetrennt – immer wieder einmal noch eine in Darmstadt *ausgebombte* Cousine des Vaters und deren kleine Tochter schlafen. Das obere Stockwerk – Küche und zweieinhalb Zimmer – teilen sich die Großeltern des Jungen und die drei Schwestern des Vaters. Gebaut hat das Haus der Urgroßvater – ein tüchtiger und angesehener Zimmermann und Schreiner, der vor allem als Treppenbauer gefragt war.

Mit der Geburt der Schwester (1953) zieht die Familie in zwei Dachzimmer im Bahnhof.

Durch den Umzug in das Dorf im Ried steht ab 1955 eine kleine Wohnung im obersten Stock eines Bahnhauses zur Verfügung. Die Adresse

Bahnhofsallee 12 soll für zehn Jahre zur Kindheitsadresse der beiden Geschwister werden. Noch vor der Einschulung des Jungen 1958 wird ein Stockwerk tiefer eine größere Wohnung frei und bezogen. Neben der Küche und einem sehr kleinen WC stehen nun erstmals vergleichsweise große Räume als Wohnzimmer, Elternschlafzimmer und Kinderzimmer zur Verfügung. Der Familienzuwachs – der kleine Bruder erblickt 1962 das Licht der Welt – führt also nicht zu beengteren Wohnverhältnissen.

1965 verlässt die Familie das Ried und geht zurück in den Odenwald. Das Geburtshaus des Jungen – Am Brühl 19 – wird erneut zur Adresse der Familie. Im Parterre – die Urgroßeltern sind längst verstorben – bezieht die Familie alle drei Zimmer, die bis dahin von der Familie einer Schwester des Vaters, Tante R., bewohnt wurden.

Nach dem einige Jahre später folgenden Umbau und Ausbau kommen zwei neue Zimmer hinzu. Und dort, wo der Junge gut anderthalb Jahrzehnte zuvor geboren worden war, befindet sich nun ein Badezimmer – das erste der Familie.

Beide Großmütter sind nicht berufstätig, nicht im gängigen Sinn. Oma E. hat im Stall und auf dem Feld genug zu tun, die andere Oma E. versorgt einige Hühner und schraubt abends Kleinteile in Heimarbeit zusammen.

Die Schwiegersöhne der Großeltern in Seckmauern: M., K., M., W. und G.; drei Arbeiter (Textilfabrik, Reifenfabrik, Ziegelei), ein Metzger, ein Eisenbahner. Auf der Erbacher Seite – L., A. und W. – ein Schreiner, ein Bahntechniker sowie ein *Schiffschaukelbremser.*

Die Töchter: Bis auf die Metzgersfrau (und Gastwirtin) A. übt, einmal verheiratet, keine der fünf Töchter von Opa M. und Oma E. (G., B., E., A., A.) einen Beruf aus. Die drei Schwestern des Vaters sind alle berufstätig: R. als Verkäuferin, E. als Fabrikarbeiterin, T. als Bürokraft.

HEUTE SIND DIE URENKEL MEINER OPAS UND OMAS HOTELIER, STAATSANWÄLTIN, CENTER-MANAGERIN, REDAKTIONSLEITER, KEY ACCOUNTERIN, MTA, BANKBERATERIN, FINANZBEAMTIN…

Lauchhammer. Die einzige gemeinsame Reise der Familie – des Jungen, seiner Schwester und der Eltern – führt Ende der Fünfzigerjahre in *die Zone*, die SBZ, die DDR. Im *Interzonenzug*, via Frankfurt am Main und Leipzig. Eine lange Fahrt. Eine schlaflose Nacht. Die Nase an der Fensterscheibe plattgedrückt.

W., der Bruder von Opa G., war gleich nach dem Ersten Weltkrieg ins Braunkohlegebiet der Lausitz gezogen, der Arbeit wegen. Seine Frau M. hat bereits weißes Haar. Eine Einheimische, die dem Jungen eine *Butterbemme* anbietet, was der Junge – in seinem Kopf eilig aus dem eigenen Dialekt (*Butterbern*) übersetzt – als Butterbirne versteht. Er bekommt aber ein Butterbrot, mit Salz bestreut. Er schleicht hinter das kleine Siedlungshaus und wirft die Scheibe Brot der Schäferhündin vor die Hütte. Die Scham lässt ihn lange Zeit nicht los.

Bröckelnde Hausfassade, Küche mit Lehmboden, schwere Mäntel, ein seltsamer Dialekt. Viele Radfahrer, sehr wenige Autos. Rumpelnde Busse und Lastwagen. Fast alle Frauen gehen zur Arbeit. Ein Cousin des Vaters (oder der Mann einer Cousine) ist bei der Kriminalpolizei; ein Abzeichen am Revers seines

Anzugs. Seine Tochter, eine dem Jungen gleich gefallende Heranwachsende mit langen Zöpfen, bindet dem Besuch *von drüben* heimlich und *nur zur Probe* ihr blaues Halstuch um.

Der Junge verbindet mit diesen Tagen, in denen viel gegessen, geredet und gelacht wird, trotzdem lange Zeit ein düsteres Grau, Dunkelheit und Schwere.

KERZEN WURDEN AN WEIHNACHTEN BEI UNS NICHT INS FENSTER GESTELLT, NUR EIN PÄCKCHEN MIT KAFFEE GING *NACH DRÜBEN*. WIR SPRACHEN IN DER FAMILIE NICHT ÜBER DIE DDR.

ERST IN DEN SIEBZIGERN OFFENBARTE MIR MEIN VATER, DASS IHN DIE TEILUNG DEUTSCHLANDS SEHR SCHMERZTE. DAS WAR DAS EINZIGE, WAS ER DER DDR-REGIERUNG ÜBELNAHM.

ER HAT LAUCHHAMMER IN DIESEN JAHREN NOCHMAL BESUCHT, MIR DAVON ABER NICHT ERZÄHLT. ICH FINDE JAHRZEHNTE SPÄTER NUR EINIGE FOTOAUFNAHMEN (DIAS) VON STRASSENZÜGEN UND WOHNBLOCKS, GRAU, WIE IM NEBEL LIEGEND. KEINE PERSONEN.

HAT ER MEINE KP-MITGLIEDSCHAFT ERWÄHNT? ALS PLUS- ODER ALS MINUSPUNKT?

Akkordeonspielen. Erst die kleine *Hohner* mit 48 Bässen, dann die größere mit 72. Der Junge kann sehr gut Noten lesen, aber auch nur nach Noten spielen. Kein Gehör für die Musik. Das gerade Gegenteil zum Vater.

Wanderlieder, Soldatenlieder, Volksweisen, Gassenhauer stehen auf dem Programm. Herr R., sein Akkordeonlehrer, der am Dienstagabend mit dem Zug aus Griesheim kommt, läuft nach der Unterrichtsstunde ins benachbarte Erfelden, wo er die Feuerwehrkapelle dirigiert.

Fünf oder sechs Jahre später würde der Junge gern Gitarre lernen oder Schlagzeug spielen. Es wird ihm, nachdem er das Akkordeon in die Ecke gestellt hat, nicht erlaubt. Mit zwanzig Jahren bedauert er, nicht Klavier gelernt zu haben.

gypten. 1958. Ein Fußballländerspiel, das 1:2 verloren geht. Dazu Buxtehude, Honolulu. Auch Cuxhaven und Mexiko. Der Junge liest früh und mit großem Interesse die regionale Tageszeitung.

Ungewöhnliche Buchstabenkombinationen faszinieren ihn. Lumumba, Dag Hammerskjöld, Ben Bella. So geraten der Algerienkrieg und der Beginn der Entkolonialisierung Afrikas in seinen Blick, ohne dass er sich dessen bewusst ist.

Etwa zur gleichen Zeit, nicht aus der Zeitung, Tallahassee, Tanganjika und Wladiwostok. Der Junge sucht durch Blättern im Ortsverzeichnis seines Atlas nach den Teilnehmern eines großen Weltturniers, das – mithilfe von Spielkarten oder Würfeln und unter seiner alleinigen Regie – über Tage hinweg ausgetragen wird. Er kann sich gut selbst beschäftigen.

Chappaquiddick folgt später; ein Artikel in *Paris Match*. Tananarive noch später; eine Zimmernachbarin im Studentendorf.

Drei Fotos, nicht im Familienalbum, aber auch nicht versteckt. Sie liegen neben anderen in einer Zigarrenkiste. Drei Männer, jeweils in Uniform. Sehr verschieden posierend.

Der Vater in einer Porträtaufnahme, das Schiffchen des einfachen Soldaten auf dem Kopf. Ernst, doch teilnahmslos.

Der dem Jungen den Vornamen vererbende Bruder der Mutter, großgewachsen, kräftig, ja plump; SS-Runen auf dem Kragen der Uniformjacke.

Das dritte Foto zeigt einen leger an der Reling eines Schiffes lehnenden jungen Mann, beige sommerliche Hose und Uniformbluse, Krawatte – auf dem Weg nach Korea.

Der Krieg ist kein Thema. Über den Krieg wird nicht gesprochen. A., der verhinderte Patenonkel des Jungen, *fällt* schon früh in Russland. Der Vater wird spät Richtung Osten geschickt und kommt bald über Ungarn zurück.

Der Junge ist zu klein und der Jugendliche zu rebellisch, um Fragen zu den Fotos zu stellen.

Der Krieg ist gleich nach seinem Ende und erst recht am Anfang der Fünfzigerjahre *schon lange vorbei.* Vergangenheit. Die Trauer ist privat und wird unterdrückt. Irgendwann wird der Name von „Onkel A." in den Granit des Kriegerdenkmals gehauen.

Trümmergrundstücke, die noch einige Straßen in Darmstadt prägen. Hinweise auf Luftschutzkeller. Der einbeinige Nachbar, auf Krücken gestützt. Der einarmige Lumpensammler. Unbefragte Fotos Uniformierter an Küchenschränken.

Der Vater schweigt; man hat ihm die Jugendjahre gestohlen. Die Großeltern schweigen; man hat ihnen den Sohn genommen, der voller Stolz verabschiedet worden war und auf dessen Foto nun am Revers Kratzspuren zu sehen sind.

Lt. H.C.D. jr., der Nachfahre der rund siebzig Jahre zuvor nach Amerika ausgewanderten Schwester der Urgroßmutter des Jungen, kommt unversehrt aus Ostasien zurück. Seine Familie – das notiert der Vater des Jungen auf einem Zettel – lebt *vermutlich* in Wilmington, Delaware.

DAS WENIGE WISSEN ÜBER DIE JUNGEN MÄNNER SAMMELE ICH ÜBER JAHRE AN. ALS KIND, JUGENDLICHER, ERWACHSENER. TRÖPFCHENWEISE, MAL ZUFÄLLIG, UNBEABSICHTIGT, MAL GEZIELT SUCHEND. NIE FRAGEND.

Postler, Polizisten, Eisenbahner. Davon gibt es in Goddelau immer mehr in den Fünfzigerjahren. Dazu kommen Traumberufe wie Autoschlosser und Verkäuferin. Der einzige Industriebetrieb am Ort – *Krupp Stahlbau* – zieht jetzt auch Techniker und Ingenieure an. Das Pendeln nach Darmstadt, Frankfurt und zu *Opel* in Rüsselsheim nimmt zu. Die Bauern werden allmählich zur Minderheit; ihre Höfe dominieren nur noch im Viertel zwischen der Evangelischen Kirche, der Spitalstraße und dem Sportplatz- und Schwimmbadgelände. So, wie im Neubaugebiet, das Richtung Friedhof entsteht, überwiegend die neuen, wachsenden Berufsgruppen heimisch werden.

DAS SICH WANDELNDE BAUERNDORF GODDELAU WAR SCHON EIN GUTES HALBES JAHRHUNDERT ZUVOR EIN EISENBAHNKNOTENPUNKT MIT VERBINDUNGEN NACH FRANKFURT, DARMSTADT, WORMS UND MANNHEIM. DAS BLIEB BIS ZUM „NIEDERGANG" DER BAHN IN DEN 1970ERN SO. IN MEINEN KINDERJAHREN SIND ALLEIN FÜNF ODENWÄLDER EISENBAHNERFAMILIEN NACH GODDELAU BZW. IN DIE NACHBARDÖRFER STOCKSTADT UND LEEHEIM UMGEZOGEN.

Der lange Weg. Die erste Berührung eines weiblichen Geschlechts, in einem Schuppen, hinter herabhängenden Decken. Beide noch Kinder. I., ein Mädchen aus der Nachbarschaft, die ihn zuerst berühren will. Sommerferien. Unverhofft, überraschend, verstörend. Verboten. Geheimnisvoller als geduldete Doktorspiele.

Einige Jahre später erstes Händchenhalten, nach einem Kinobesuch. Das vorsichtige Betasten der sich ankündigenden Brüste. S., die erste Freundin mit der der Dreizehnjährige für einige Tage *geht*.

Kurz darauf der erste Kuss, die Lippen verbrennend. Kein Vorher, kein Nachher. Im Landschulheim in Ober-Seemen. Eine Unbekannte aus Biebesheim.

Zungenküsse am Ende erster Tanznachmittage. Fast alle Mädchen sind bereits *weiter* und tun dies verächtlich kund.

Petting kommt in Mode, intensives Fummeln, das sich selbst genügt. Die große Erkundung. Heimlich, an öffentlichen Plätzen – nie in einem Bett, wo es später zum Vorspiel wird. Es gibt Mädchen, die es lieber mögen als Küsse.

Zauberei. Es hat etwas Geheimnisvolles, wenn der Vater in der Speisekammer seine Geräte zum Entwickeln und Abziehen von Fotos aufbaut. Stockdunkel, ein Gerät, das wie eine Trockenhaube beim Damenfriseur aussieht, zwei oder drei Schalen mit einer besonderen Flüssigkeit, eine Pinzette, Klammern, eine Wäscheleine, auf der die Fotoabzüge zum Trocknen aufgehängt werden. Eine besondere Lampe spendet das wenige ungewöhnliche Licht.

Niemand darf von außen die Tür öffnen!

Der Junge ist manchmal dabei und staunt, wie Unsichtbares plötzlich sichtbar wird.

Der Vater zeigt keine Schwäche. Die Mutter weint oft. Der Vater schlägt mit der Hand, die Mutter nimmt einen Rührlöffel zur Hilfe. Ihre seltenen Schläge beweisen Hilflosigkeit, seine häufigen zeugen von Stärke und Wut. Er schlägt auch sie.

Der Junge nimmt die Schläge wehrlos hin. In späteren Jahren schwört er sich, niemals ein Kind oder eine Frau zu schlagen.

DASS IN VIELEN FAMILIEN GEPRÜGELT WURDE, AHNTE MAN, WISSEN TAT ICH ES ERST ALS ERWACHSENER. WEDER IN DER KINDHEIT NOCH ALS JUGENDLICHE SPRACHEN WIR UNTER FREUNDEN – UND SCHON GAR NICHT MIT MÄDCHEN – ÜBER HÄUSLICHE GEWALT.

DIE BIS WEIT IN DIE SECHZIGERERJAHRE VERBREITETE QUASI ÖFFENTLICHE KÖRPERLICHE ZÜCHTIGUNG – ZUM BEISPIEL IN DER SCHULE, IN KIRCHENGEMEINDEN, IM SPORTVEREIN – WAR DAGEGEN KEIN GEHEIMNIS, SONDERN IN MANCHEN FÄLLEN SOGAR GEGENSTAND VON ANEKDOTEN UND WITZEN. WER HAT EINE LOCKERE HAND? WESSEN HAND FÜHRT EINEN ROHRSTOCK ODER GÜRTEL? WER SETZT AUF SEINEN SCHLÜSSELBUND, KREIDESTÜCKE, BÜCHER ODER DEN NASSEN LEDERBALL?

Bumskopp und *Willi Wacker* in der lokalen Zeitung. *Akim* und *Sigurd* als Heftchen. Dann *Jerry Cotton*. Keine *Landser*-Hefte, keine Wildwest-Schmöker. Dafür *Die Geheimnisse einer französischen Nonne*, eine von Hand zu Hand gehende und deshalb immer weniger leserliche Abschrift. Das elterliche *Lux Volkslexikon*. Zwei wunderbare Buchgeschenke: *Was jeder Junge wissen will* und *Minewitt macht nicht mehr mit*.

Fünf Jahre später: *Twen, MAD, Der Spiegel* (zusammengerollt in der Gesäßtasche der Jeans). Weitere fünf Jahre danach: *Pardon, Die Zeit* und die *FR, konkret*.

Das erste Mal. R., die große Jugendliebe, für mehr als Augenblicke. November 1967, ein bedeutsamer Monat, dem fast fünfzig gemeinsame folgen.

Unzählige Briefe, *Twen*-Lektüre, kleine Geschenke für die Ewigkeit, langes Zusammenstehen nach Schulschluss, Disco-Abende, eine Wiese auf dem Sommerberg, Verabredung eines Codes, die Friedhofsmauer, Spaghetti mit Tomatensauce, ein Versprechen, der Nachtzug nach Paris.

Der Teenager kauft sich sein erstes Polohemd, *Lacoste*. Für viel Geld, in einer Erbacher Boutique (der einzigen). Das rote Hemd wird ihm während der Bundesjugendspiele im Michelstädter Stadion aus der Umkleidekabine gestohlen.

Der zweite selbstfinanzierte Einkauf findet in Darmstadt statt. Begleitet von seiner Freundin ersteht er in einer Jeans-Boutique ein hellblaues *Button-down*-Hemd.

Dazu trägt er gern Feincordhosen, Mokassins und seinen Trenchcoat.

Der Junge wird vom Kindesalter an protestantisch erzogen. Ein Bild mit Jesus und Schutzengel über dem Bett, bis in die Frühzeit der Pubertät. Eine leise, selbstverständliche, niemals hinterfragte Erziehung. Am Tisch wird in der Familie nicht gebetet, nur am Abend im Bett, begleitet von der Mutter. *Lieber Gott, mach mich fromm, damit ich (zu dir) in den Himmel komm'.*

Die Mutter ist gläubig, geht regelmäßig in den Gottesdienst. Bethel, Bodelschwingh, Wichern, Albert Schweitzer, Gustav Adolf, die Schwedensäule, Martin Luther. Feste Größen. *Eine feste Burg ist unser Gott.* Jungschar, Konfirmandenunterricht, Diakon, Pfarrer. Der Vater hält nichts von Pfaffen, die er verächtlich *Kuttebrunzer* nennt.

Unverständnis gegenüber Katholiken und ihren Gebräuchen. Weihrauch, Fronleichnamprozession, Beichtstuhl, Zölibat.

Die Protestanten stehen für Gottesfurcht, Fleiß und Bescheidenheit. Die Katholiken für Papsttum, Prunk und Sündhaftigkeit.

Im Dorf der Mutter und im Dorf der Kindheit des Jungen sind die Katholiken in der Minderheit. Die die Dorfmitte prägenden alten Kirchen sind die evangelischen. Mit den Flüchtlingen und den so genannten Gastarbeitern ändern sich in den Fünfzigern und Anfang der Sechziger die Bevölkerungsanteile.

Der Junge verteidigt Martin Luther gegenüber den Vorwürfen der Katholiken; sogar im Streit mit einem Freund an der Tischtennisplatte.

Als junger Mann tritt er zu Beginn seines Studiums aus der Kirche aus. Die Mutter und die eine Hälfte der Verwandtschaft nehmen es mit Schrecken und kommentarlosem Unverständnis auf.

Geheimnisse. *Kals* steht im Kalender, daneben ein dicker Strich, über zwei Wochen gezogen. Der Zeitraum liegt in den Sommerferien 1961, die der Junge in Erbach, die Schwester in Seckmauern verbringen wird, wie üblich.

Der Junge fragt nach. Die Eltern bescheiden ihm, Kals betreffe den Garten und müsse im Laufe der zwei Wochen ausgestreut werden.

Der Junge ist misstrauisch, nimmt seinen Atlas zu Hand. *Kals, Matrei, Großglockner, Osttirol, Österreich.* Er behält sein Wissen für sich.

IN EINEM FOTOALBUM FINDEN SICH EINE HAND VOLL AUFNAHMEN. DIE ELTERN SCHEINEN DORT SCHÖNE TAGE VERBRACHT ZU HABEN.

Der Zweite Weltkrieg ist eine Mauer. Zehn, fünfzehn Jahre sind seit seinem Ende vergangen. Manche Spuren sind noch zu sehen. Andere werden weggeräumt, vergessen gemacht, verschwiegen, verdrängt.

Alle erwachsenen männlichen Verwandten – außer den Opas – sind im Krieg gewesen, egal ob sechs Jahre oder nur eins. Erzählt wird davon nichts, gefragt auch nicht. Magische, nicht näher erklärte Wörter: Russland, Barras, Stalingrad, Pflichtjahr, Stukas, Lebensmittelmarken, Christbäume am Nachthimmel. *Der Adolf.*

Die schlechten Zeiten verbinden übergreifend und nivellierend einige Jahre vor und die ersten nach dem Kriegsende.

Die Zeit nach 1945 liefert aber bereits auch Stoff für witzige Anekdoten. Schwarzhändler, ausgebombte Städter auf dem Land, gestrandete Fremde und junge Kriegerwitwen. Kartoffeln, Geschirr, Zigaretten. *Wir hatten nichts! Wir mussten gottseidank nicht hungern.*

Der Krieg als Wand, hinter der es nichts anderes gegeben hat, kein Mehr-als-Krieg, kein Vor-dem-Krieg. Kein Warum.

Der Junge kann sich weder mit sechs noch mit zehn Jahren ein Bild davon machen, wie seine

Mutter und sein Vater, seine Großeltern und all die Tanten, Onkel und Nachbarn vor dem Krieg *gelebt* haben, um dann ungewollt, ohne Zutun, plötzlich im Krieg zu landen. Darüber wird nicht gesprochen.

Ein Schicksalsschlag.

Frankreich, ein Sehnsuchtsort. Besançon, Cassis, Marseille, Biarritz, Paris. Und es beginnt mit einer Vorabendserie im Fernsehen. Der Junge, pubertierend, und sein Freund K. entscheiden, so bald als irgendwie möglich auf einer *Hercules* oder *Kreidler* oder *Zündapp* an die Côte d'Azur aufzubrechen. Wegen der hübschen, braun gebrannten Mädchen in weißen Hosen und Röcken.

Pfingsten 1966 betritt der Fünfzehnjährige erstmals französischen Boden. Eine Klassenfahrt nach Besançon, Département Doubs, Region Franche-Comté. *La France.* Ein einschneidendes Erlebnis, mit ungeahntem Nachhall, ein Leben lang.

Der erste *Crôque Monsieur*, die erste *Menthe à l'eau.* Das erste Frühstück an einer blank geputzten Zinntheke: *Café au Lait* und ein *Croissant*, oder auch zwei. Barhocker, Kippen auf dem Fußboden. Mehr Ungezwungenheit und Freiheit ist nicht vorstellbar.

Boche! Man nimmt es hin, auch als man erfährt, was und warum. Neue Freunde, die der Sekundaner und Primaner dann jedes Jahr besucht und zuhause begrüßt.

In fast jeder Kleinstadt ein Hinweisschild nach Paris – verschmutztes Weiß, blaue Schrift, bröselnder Beton, an den Rändern abgestoßen.

Keine Autobahn. Auf den Nationalstraßen oft zweieinhalb oder drei Spuren, zum Überholen aus beiden Richtungen. Gegenseitige Lichthupe, wenn dem Bus ein deutsches Fahrzeug begegnet. Zusätzlich ein Hupen, wenn es ein Pkw aus der näheren Umgebung (HP, GG, DA, DI, MIL, OBB, BCH) war. Eine Seltenheit.

Les Routiers. Einfaches Essen in einzigartiger Atmosphäre. Die unverwechselbaren Schilder in den Farben der *Tricolore* werden für Jahre zu Wegmarken.

1969 mit Freund P. Richtung Mittelmeer, per Anhalter. Von Basel bis Altkirch, von dort bis Héricourt. Erste Übernachtung im Flur einer Schule. Ein Baguette, Camembert; Bestätigung eines Klischees. Fußmarsch. Frühstück in einem Café. Glückstreffer: ein Student aus Bad Homburg. In seinem *2CV* in rund zehn Stunden bis Toulon. Viele Baustellen zwischen Lyon und Marseille, die Autobahn durch das Rhônetal wird gerade erst abschnittsweise gebaut.

Auf einer Anhöhe weit vor Marseille plötzlich der freie Blick. Am Horizont das Meer, ein unbegreifliches, noch nie gesehenes Blau.

Am späten Abend in Cassis. Per Anhalter – Jungs aus Belfort, Cabrio, das Kennzeichen schreibt sich der Tramper zur Sicherheit und eigenen Beruhigung auf eine Streichholzschachtel – zur oberhalb der Calanques gelegenen Jugendherberge.

Die Erfüllung eines Traums.

Sonntagsgeld. Fünfzig Pfennig. Der Junge gibt sie im Winter 1964/65 bei Heimspielen des TSV so aus: Für dreißig Pfennig kauft er eine Tüte Erdnussflips, die er in die große Seitentasche seines Mantels kippt. Die beiden restlichen Groschen schluckt in der Halbzeitpause die Musikbox des Vereinsheims: Roy Orbison und *Pretty Woman*.

Zwei Familien, zwei Orte, zwei Welten, deren Widerstreit die Kindheit des Jungen prägen. Unterschiede, die sich als trennende, ja am Ende als unüberwindbare erweisen sollen.

Die Bindung an die Herkunft ist stark, übermächtig. Die Folge ist: zwei Seiten auch *in* der eigenen kleinen Familie, in der sich der Junge immer wieder auf *eine* Seite schlagen muss und schlägt. Vater und Mutter. Vater oder Mutter.

Die Entscheidung fällt schwer.

Fußball ist von Kindesbeinen an *die* sportliche Leidenschaft des Jungen. Radfahren wird nicht als Sport wahrgenommen, Leichtathletik nur im Sportunterricht betrieben, Schwimmen ist eine sommerliche Nebensache.

Die ersten Kickereien am Bahnhof, vor der Güterhalle. Dann auch auf dem am anderen Ende des Dorfes liegenden Sportplatz, in der C-Jugend des TSV 1899.

Er liest in der Zeitung von ausländischen Vereinen wie FC Burnley, Wolverhampton Wanderers, Stade Reims, Red Star Paris und erklärt sie zu seinen Lieblingsvereinen – neben der Eintracht. Das Europapokal-Halbfinale gegen Glasgow Rangers wird zu seinem ersten Spiel im Waldstadion.

Ebenfalls Zeitungslektüre: Albert Brülls, Horst Szymaniak und Helmut Haller. Sie gehen als deutsche Nationalspieler ins Ausland, alle nach Italien. Eine Sensation. Sein Vornamensvetter von Mönchengladbach nach Modena, sein Vorbild als Außenläufer von Karlsruhe nach Catania, der später wohl bekannteste Halbstürmer von Augsburg nach Bologna. Bert Trautmann ist schon damals eine Legende, ehemals Kriegsgefangener, dann furchtloser Torwart in England.

Vietnam. Der Krieg. Die frühe Faszination für die USA und das Amerikanische – in vielerlei Hinsicht über Kindheitsjahre gewachsen – wird in der kurzen Zeit des Heranwachsens durch eine radikale Anti-Haltung abgelöst. Weil es auch die Jahre der ersten bewussten Politisierung, des Sichlösens, des Fragenstellens, des Suchens sind.

Im Vorabendprogramm und als geschenkte Bücher: *Fury*, *Lassie*, *Corky*. Kindgemäßer Wilder Westen.

Schäwinggumm! *Schäwinggumm!* am Straßenrand, wenn Jeeps, Lkws und Panzer durchs Dorf kommen, in Richtung Rhein, um Pontonbrücken zu bauen.

Die Serien *Vater ist der Beste*, *Abenteuer unter Wasser* und *Inspektor Garret*. Küchen mit riesigen Kühlschränken, neuartige Küchenmaschinen, weiße Socken und Petticoats, Milchflaschen vor der Tür, Zeitungsjungen, bloß mit einem Lederriemen zusammengebundene Schulbücher. Futuristische Autobahnknoten.

Blue Jeans, Kaugummi, die *Perry Como Show*, Elvis Presley, Rock 'n' Roll, Shake, Twist, Roy Orbison, Fats Domino.

FLIEßENDE ÜBERGÄNGE, UNBEMERKT. KIND, PUBERTIERENDER, HERANWACHSENDER JUGEND-LICHER. MANCHES SCHON IN SEHR FRÜHEN JAHREN SEHEND UND ERLEBEND. FÜR MANCHES NOCH ZU JUNG. FÜR MANCHES BALD ZU ALT.

PARALLELWELTEN IN EIN UND DEMSELBEN LEBEN.

ALS UNTERSTUFENSCHÜLER HABE ICH ÜBERLEGT, WIE ICH GERN ALS US-BOY HEIßEN UND WIE ICH ES SCHREIBEN WÜRDE. ALBERT WILLIAM ENGELHARDT; ALBERT W. ANGELHARD; ALBERT HARDY, GENANNT AL ODER BILLY?

Würfelspiele wie *Chicago* oder *Pasch*, Kartenspiele wie *Skat* oder *Poker* gehören zu seinem Erwachsenwerden. Gewürfelt wird gern um *Jägermeister*. Beim Skat geht es um Pfennigbeträge oder eine Runde Bier. Beim Pokern mit der Zeit um mehr.

In seinen beiden ersten Semestern, er wohnt im Studentendorf, findet sich eine regelmäßige Pokerrunde zusammen. Ausschließlich Jungs. Es wird geraucht und getrunken, Musik gehört. Es wird meistens zwei, drei Uhr in der Früh.

Eines Abends verliert er fast 70 Mark; die Monatsmiete seines Zimmers beträgt 72 Mark.

Der kleine Junge kann seinem Körper Befehle erteilen. Er sitzt auf der Rampe der Güterhalle, läßt die Beine baumeln und befiehlt seiner Kniescheibe das Zittern. Die Freunde bewundern ihn, die Erwachsenen warnen ihn. Das sei nicht gesund, so wie das Knacken der Fingergelenke (das der Junge nie probiert).

Zimmermann, Treppenbauer. Ein fleißiger, angesehener Handwerker. W. Engelhardt, verheiratet mit einer gebürtigen Spatz, hat drei Kinder. Die Söhne: der eine wird Bierkutscher, der andere sucht sein Glück in der Braunkohle der Lausitz. Die Tochter, Dienstmädchen in einem großbürgerlichen Haushalt in Wiesbaden und dort geschwängert, steht am Ende ihres Lebens am besten da. Vom noblen Hausherrn versorgt, immer gut frisiert, damenhaft.

Anlässlich eines Besuchs in der schönen Stadt der Beamten, Alten und Reichen: Die Eltern des Jungen im sommerlichen Sonntagsstaat und die beiden Kinder herausgeputzt wie auf keiner anderen Fotografie aus den Fünfzigerjahren. Die Großtante trägt zum ärmellosen Kleid feine weiße Handschuhe.

Pausenvergnügen. Ein gemeinsames, ein heimliches. Der Pausenhof des Gernsheimer Gymnasiums liegt hinter den Schulgebäuden. Er grenzt an weite Äcker und Getreidefelder. Im angrenzenden ersten verschwindet immer wieder der Tennisball, mit dem die Unterstufenjungs in den Pausen Fußball spielen (das gemeinsame Vergnügen). Das Tor: eine steinerne Sitzbank. Ob Treffer oder Fehlschuss: einer muss in den Acker, um den Ball zurückzuholen.

Freie Sicht nach Osten, auf die gar nicht so ferne Bergstraße und die Hügelkette von Melibocus, Neunkirchener Höhe, Tromm. Dahinter und weiter entfernt, nicht zu sehen: *sein* Odenwald. Je näher die Ferienwochen kommen, desto größer die Vorfreude des Jungen und das heimliche, nur ihm gehörende Wissen um erlebte und künftige Ferienvergnügungen.

Im Erdkundeunterricht wird gelehrt, dass die von den Westwinden gebrachten Wolken, vom tausend Kilometer entfernten Atlantik kommend, sich über dem flachen Ried leeren müssen. Sie schaffen sonst nicht die Höhen des Odenwalds. Der Sextaner ist stolz auf die dortigen Wiesen und Wälder, die – so nimmt er an – keiner seiner Klassenkameraden kennt.

Ein wildes, verarmtes, randständiges Leben. Der Teenager lernt die Musiklehrerin L. M. kennen, da einige Freunde jede Woche bei ihr in den Unterricht gehen.

Ein halbfertiges Haus, unverputzt, Lehmboden im Erdgeschoss. Auf dem verwilderten Gelände des ehemaligen Schlachthofs, wo jetzt die Feuerwehr untergebracht ist. Hühner gehen ein und aus. Der Wohnraum vollgepackt mit altem Mobiliar, Zeitungen und Illustrierten, Notenblättern und Büchern. Katzengestank. Eine Kochecke, Hocker, ein uraltes Sofa, ein großes Büffet. Ein Grammophon, ein Plattenspieler. Eine Fundgrube für den, der hier eine Unterrichtsstunde nur als Begleitung verbringt. Und ihren Witzen und Geschichten aufmerksam folgen kann.

L., bereits wie eine alte Fünfzigjährige aussehend, ist ungepflegt, übergewichtig, schlecht gekleidet, immer in Hausschuhen, will von ihren Schülern und Schülerinnen ausdrücklich nur mit ihrem Vornamen angesprochen werden.

Sie ist eine von uns, denken ihre Schüler und Schülerinnen. Denn L. mag die Beatles, Polnareff, die Small Faces, Juliette Greco.

Sie schwärmt aber auch von Inge Brandenburg, Kreisler, Schubert und Caruso. Namen.

Einige Väter kennen sie wohl noch als Mitschülerin oder junge Frau.

Mütter meiden den Kontakt.

Eine faszinierende Persönlichkeit. L.M. hat mich vor wenigen Jahren zu einigen Passagen meines Romans *Wolkenschieber – Drei Sommer am Cap* inspiriert.

Einkaufen ist von frühen Kindesbeinen an eine Pflicht des Jungen. Eine, die er gern erfüllt. Er kennt alle Verkäuferinnen im *Konsum*, im Milchladen, beim Bäcker und Metzger. Und sie kennen ihn, der auf dem Heimweg den Dreipfünder anknabbert oder die Milchkanne schleudern lässt.

Die Mutter gibt ihm einen abgezählten Geldbetrag mit. Die Preise sind bekannt. Nur für Wurst oder Fleisch hat er eine Mark in Reserve. Zuhause wird abgerechnet. Die Mutter kann sich auf ihn verlassen.

Während der Ferienwochen ist alles anders. Abgerechnet wird nicht. Oma E. gibt ihm auf den Weg, bei Erhards dürfe er sich Bonbons aus dem Glas kaufen und beim Metzger könne er ruhig *anschreiben* lassen. Als er nach dem Sommer davon erzählt, schüttelt seine Mutter den Kopf und sieht sich in ihrem Urteil wieder einmal bestätigt.

MEINE MUTTER HAT IN IHREM LANGEN LEBEN NIEMALS SCHULDEN GEMACHT.

MEIN 1984 TÖDLICH VERUNGLÜCKTER VATER HAT EIN UNBEZAHLTES (AUF KREDIT GEKAUFTES), NUN ZU SCHROTT GEFAHRENES AUTO HINTERLASSEN. DAS HAT MEINE MUTTER DEM TOTEN WÜTENDER UND LAUTER VORGEWORFEN ALS SEINE AFFÄREN.

Turbulente Jahre. 1968/69. Die Ereignisse überschlagen sich. M. schreibt wirre Briefe an ein Mädchen aus der Nachbarschaft. Der Junge – mittlerweile Oberstufenschüler und bekennender Gegner des Krieges und der USA – übersetzt die dünnen Blätter mit Mühe und nur auszugsweise. Unverständliches, Sehnsüchtiges, Verzweifeltes, auch Rüdes und Spöttisches, von Kameraden ergänzt. Von Drogen ist die Rede. M. schreibt seine Briefe in einem Unterstand in Vietnam. Als GI, in Darmstadt stationiert gewesen, nun am anderen Ende der Welt. Ein eher stiller und schmächtiger junger Mann, Sohn eines Bauunternehmers, aufgewachsen am kalifornischen Ufer des Lake Tahoe. Mit I. *so gut wie* verlobt.

In Prag platzen Illusionen. Verwirrung und Unsicherheiten in vielen Köpfen. Ende August ist der Dubcek-Anhänger zu Besuch in der Schweiz. Auf einer Kundgebung in St. Gallen spricht ein hoher Vertreter aus der Kultus- oder Schulverwaltung. Er verurteilt den Einmarsch der Warschauer-Pakt-Truppen. C., Brieffreundin des Besuchs aus dem Odenwald, und er selbst zögern mit ihrem Beifall. Sie sind Anhänger des Prager Frühlings, doch Gegner der Kultusbürokraten ihrer Länder.

Ein gutes Jahr nach dem 21. August 1968 führt die Abschlussfahrt der Abiturklasse nach Prag. Viel Bier, in einem Laden sämtliche Dosenpfirsiche aufgekauft, Ärger wegen eines roten Handtuchs am offenen Hotelfenster, Kafka, der Jüdische Friedhof, Gespräche in der Redaktion der deutschsprachigen *Volkszeitung, Laterna Magica, U Kalica,* Weiterfahrt nach Trenčin (Alkoholexzesse) und Bratislava (dort Kauf eines feinziselierten silbernen Rings für die Freundin zuhause). Letzte Station Wien. Zwei Übernachtungen in einem auch als Stundenhotel genutzten Prachtbau im Alsergrund.

Vor der frühherbstlichen Abschlussfahrt eine notfallartige Blinddarmoperation. Im *Hôpital Sainte-Marguerite* in Marseille. Das Personal befürchtet Schlimmes, als der deutsche Patient nach einer Schwester verlangt, dies aber mit *Sœur* statt *Infirmière* tut. Der Achtzehnjährige will nur seine OP-Schmerzen teilen und eine Frauenhand halten. Jean-Louis, ein etwa zehn- oder zwölfjähriger Junge im Nachbarbett, ist froh und stolz, in der Sprache seines neuen großen Freundes Hans-Ludwig zu heißen. Dessen Mutter, eine redselige Korsin, bringt dem Deutschen Lesestoff: *L'Humanité, Le Provençal. Paris-Match.* Gesprächsthemen: Die Mondlandung und Ted

Kennedys Techtelmechtel, das auf Chappaquiddick tragisch endet.

Sein Freund P., mit dem er an die Côte d'Azur getrampt ist, verschwindet. Drei Engländerinnen – S., A. und J., alle aus Sevenoaks/Kent, die er in der Jugendherberge Cassis kennengelernt hat – besuchen ihn im Krankenhaus.

Sein Vater holt ihn nach einigen Tagen ab. OP und stationärer Aufenthalt müssen nicht bezahlt werden. Die 20-stündige Fahrt im Ford 12M – der Patient ist von den Knien bis zur Brust sehr eng bandagiert – wird zur Tortur. Im Rhônetal kaufen sie für wenig Geld eine ganze Steige frischgepflückter Pfirsiche.

Vor Mulhouse, welch ein Zufall, gabeln sie am Straßenrand Freund P. auf, der auf dem Weg in die Schweiz ist, auf den Spuren von F. – breiter Gürtel, sehr langes Haar.

In der Raststätte *Schauinsland* trinkt der Patient nachts um ein Uhr begierig einen großen *Kalten Kaffee*, den er hinunter stürzt – höllische Schmerzen.

Im Erbacher Kreiskrankenhaus wundert man sich über die südfranzösische Art der Wundversorgung, den Marseiller Arztbericht kann niemand lesen. Der Wiedergenesene erfährt aber, dass die OP eine Not-OP gewesen sein muss.

Seine Freundin R., die große Jugendliebe, geht *Am Brühl* ein und aus, gehört sozusagen zur Familie. Er dagegen hat das Haus ihrer Familie nur wenige Male, immer bei Abwesenheit der Eltern, betreten.

Den großen Bruder kennt er aus dem Gymnasium und dem Fußballverein. Mit der Mutter gibt es eine unbeabsichtigte, eher peinliche Begegnung. Dem Vater – Oberstudiendirektor – steht er kein einziges Mal gegenüber.

Die Freundschaft ist nicht gewollt, nicht standesgemäß.

R. UND ICH SIND VIER JAHRE *MITEINANDER GEGANGEN*. ICH FINDE KEINE ANTWORT AUF DIE FRAGE, WIE R. DIESE FREUNDSCHAFT, DIE JA KEINE GEHEIME WAR, ZUHAUSE VERTEIDIGEN MUSSTE.

TRÜGT MEINE ERINNERUNG?

Einer von drei. Von den über fünfzig Viertklässlern der Goddelauer Volksschule wechseln an Ostern 1962 nur drei Schüler auf das Gymnasium nach Gernsheim. Zwei Söhne von *Stahlbau*-Ingenieuren und er, das Eisenbahnerkind. Keines der klugen und fleißigen Mädchen.

Fernweh und Heimweh. Die ersten Italiener, die bei *Merck* und *Opel*, bei der Bahn, in Darmstädter Druckereien oder kleineren Betrieben im Umland anheuern werden, kommen am Goddelauer Bahnhof an. Männer, deren Alter schwer zu schätzen ist, oft stoppelbärtig, dunkelhaarig, im Sonntagsanzug und einen notdürftig verschnürten Koffer in der Hand.

Der Junge und sein Freund K. sind neugierig, haben keine Scheu. Der Bahnhof ist ihr Revier. *Bonnschorno* geht ihnen leicht über die Lippen.

Einige der Männer zeigen ihnen Postkarten und Leporellos. Kleine Aufnahmen von Sehenswürdigkeiten. Sie kommen aus dem Süden, aus den Bergen, aus kleinen Fischerdörfern am Meer. Doch hört man ihnen zu, heißt es immer *Roma, Roma, Roma.*

Sie treffen sich auch noch lange Zeit nach ihrer Ankunft abends auf der Bahnhofstreppe, fünf, sechs Männer. *Spaghettifresser* und *Itaker* werden sie von vielen Erwachsenen genannt. Nicht von den Buben.

Es kursieren unflätige Verse, die der Junge und seine Freunde kennen, aber nur unter sich deklamieren. Die Schlüsselwörter: *Triko trako, fünf Marko, Matratzo, Baracko.*

Für mich sind „meine Italiener" das Synonym für die ersten Arbeitsimmigranten. Dass dann ebenfalls in großer Zahl Spanier und Portugiesen, Griechen, Jugoslawen und Türken folgten, weiß ich, habe ich aber in keinem Fall so intensiv erlebt wie die Ankunft der Männer in Goddelau.

Es dauerte wohl auch noch ein Jahrzehnt oder gar zwei, bis in den Fussballvereinen ausländische Kicker nicht mehr nur Einzelfälle waren. Ich selbst habe weder in Erbach noch in Marburg und Mainz – wenn ich mich nicht täusche – mit einem Italiener, Spanier, Griechen usw. in einer Mannschaft gespielt.

Als mein Sohn Anfang der neunziger Jahre als D-Jugendlicher begann, waren die Kinder und Enkel der Migranten aus den Wiesbadener Jugendmannschaften nicht mehr wegzudenken. Ja, es gab bereits einschlägige Vereins-gründungen der Ausländer.

Der Vater reist 1956 nach Paris; eine Kundenreise von *Photo Porst*. Der Sohn folgt vierzehn Jahre später den Spuren des Vaters, die in einigen Fotografien festgehalten sind. Das Viertel rund um den Gare de l'Est. *Moulin Rouge*. Montmartre. Eine Bar, eine rundliche Frau davor. Der Neunzehnjährige sucht und will doch nicht finden.

Er ist mit seiner Liebsten R. an der Seine. Ein kleines Hotel in der Nähe des Gare de l'Est. Boulevard Lafayette, Poisonnière, Sacré-Cœur, Bastille, Rive Gauche, Place Saint-Michel, der Flohmarkt und Père Lachaise.

Unvorstellbare Preise in einer Brasserie an den Champs-Elysées. Kunst im *Grand Palais* und *Petit Palais*.

Ein Jahr später wieder in der Stadt der Liebenden. Mit zwei Kanadierinnen, die er in Biarritz kennengelernt hat. An der Opéra lernt er *American Express* kennen. Unzählige jugendliche Europareisende holen sich hier im Souterrain Geld und deponierte Briefe.

Nochmals ein Jahr danach: *Fête de l'Humanité*. Draußen in La Courneuve. Ein Erlebnis. Er übernachtet in einem Stundenhotel (30 FF) an der Metrostation Barbès-Rocheouart. Das Fest ist verregnet, der Festplatz aufgeweicht.

Sein Trenchcoat, seine neue Sommerhose und seine Mokassins leiden. Er besucht das Unikum *Centre Pompidou.*

Was blieb? Der dampfende Geruch und die gekachelten Wände der Metrostationen. Das Kopfsteinpflaster des damaligen Péripherique, Nähe Porte de Clichy. Das leckere Eis auf der Cité. Das Dunkelgrün der öffentlichen pissoirs. Die großgewachsenen westafrikanischen Straßenkehrer in ihren blauen Kitteln. Die Jugendlichen aus aller Welt rund um Sacré Cœur und von da der Blick auf die Stadt.

Er ist der einzige unter all den vielen Cousins und Cousinen, der auf ein Gymnasium gehen darf. Die anderen sind nach der Volks- oder Mittelschule Bäcker, Metzger, Elektriker, Polizist, in der Kirchenverwaltung angestellt oder zeitweiliger Knastbruder. Die Mädchen lernen Verkäuferin, Sekretärin, Kinderkrankenschwester oder Kindergärtnerin.

Nur zwanzig oder fünfundzwanzig Jahre später wird der Nachwuchs meiner Cousins und Cousinen am Ende der Schulzeit mehrheitlich mit einem Abiturzeugnis nach Hause kommen.

Statt *Eisenbahner* sagt der Junge zu irgendeinem Zeitpunkt *Betriebsobermeister (BOM)*, wenn zum Schuljahresbeginn der Beruf der Väter abgefragt und in das Klassenbuch eingetragen wird.

Der Vater hat gleich nach dem Krieg eine kaufmännische Lehre bei einem Autohaus nebst Fahrschule absolviert. Bald verdient er sein Geld bei der Bahn. Zunächst bei der *Rotte* – im Gleisbau. Er ist gerade mal Anfang zwanzig, kräftig.

Danach die beurkundete Laufbahn: Weichenwärteranwärter, Weichenwärter, Betriebsaufseher, Betriebsoberaufseher, Betriebsmeister, Betriebsobermeister bzw. Bundesbahnoberbetriebsmeister, Bundesbahnsekretär, Bundesbahnobersekretär.

In der Volksschule fallen die familiäre Herkunft und soziale Stellung dann ins Gewicht, wenn sie in schulischen (Lern-)Defiziten oder Äußerlichkeiten (Kleidung) zum Tragen kommen. Auch im Dorf sind Differenzierungen durchaus erkennbar: Bauern und Nicht-Bauern, darunter viele selbstständige Handwerker (vom Schmied über Metzger, Bäcker, Schlosser, Maurer, Weißbinder bis zum Gärtner, Schneider, Schuster und Friseur), Kaufleute, immer mehr Polizisten,

Postler und Eisenbahner. Auch Arbeiter, die pendeln. Einzelne Ingenieure, Lehrer, Apotheker, Ärzte. Angestellte auf der Bürgermeisterei und bei der Sparkasse.

Einige Frauen arbeiten als Verkäuferinnen, manche in Spätschichten in Darmstädter Druckereien oder Frankfurter Versandhäusern. Wenige bei der US-Army oder im Spital.

Der Junge kennt arme Bauernfamilien und große Höfe. Vom wahren Wert des Ackerlands hat er keine Vorstellung.

Nur eine Familie ragt heraus: Sie betreibt eine große Baustoffhandlung und besitzt ein imposantes Haus. Die beiden Töchter I. und H. gehen mit dem Jungen bzw. seiner Schwester in den Kindergarten und in die Schule. Die vier Kinder sind oft zusammen.

Die beiden besten Freunde des Jungen sind K. und W., ein Polizistensohn und ein Postlerkind.

Ich habe keine Erinnerung, dass in meiner Schulzeit jemals der Beruf von Müttern erfragt worden wäre.

Während der Niederschrift dieses Textes habe ich nochmals in meine Volksschulzeugnisse der ersten Klassen geschaut: Es wurde nicht

NACH DEM BERUF, SONDERN NACH DEM *STAND* DER ELTERN GEFRAGT – ALS EINTRAG FINDET SICH GLEICHWOHL DER BERUF DES VATERS.

Ausflüge mit dem Fahrrad. Kühkopf und Knoblochsaue, Schwimmen im Rhein; die schönsten Momente mit den Eltern (neben Weihnachten). Bestaunen von schnellen Autos und Lastwagen auf der Autobahn nahe Pfungstadt; der Junge und seine Schwester sitzen direkt an den Fahrspuren im Gras.

In den Sechzigern mit dem Auto zu den Erdölbohrtürmen im Ried. Nach Wiesbaden, in den Frankfurter Zoo und Palmengarten. Später auf die Saalburg, nach Heidelberg, nach Rüdesheim.

Limo und Eis auf der Besucherterrasse des Frankfurter Flughafens. Tische und Stühle direkt am Flugfeld. Gut gekleidete Passagiere kommen zehn oder zwanzig Meter entfernt aus dem Flughafengebäude, gehen zum wartenden Propellerflugzeug und betreten dieses über die herangeschobene Gangway.

DER BESUCH DES FLUGHAFENS WAR EIN ÄUSSERST UNGEWÖHNLICHES UND BEEINDRUCKENDES ERLEBNIS. EINE FLUGREISE WAR FÜR UNS ZU DIESER ZEIT NOCH NICHT EINMAL EIN TRAUM, NICHT WENIGER ABSURD UND UNREALISTISCH WIE DIE VORSTELLUNG, SELBST ZUM MOND ZU FLIEGEN.

Vierte Klasse. Aufgabe: Schreibe an eine Mitschülerin eine Postkarte aus den Ferien. Erzähle, wo du bist und was du erlebst. Der kurze Text soll in der Klasse vorgelesen werden. D. erwartet fest, dass der Junge ihr schreibt, er hat es versprochen. Er schreibt E., die ihm besser gefällt und die er lieber mag.

D. ist traurig. Der Junge hat ein schlechtes Gewissen. E. erfährt davon nichts.

Der Vater ist Personalrat. *Personalrat* steht auch auf einer Zigarrenkiste und auf dem Rücken eines Leitzordners geschrieben. Der Vater kümmert sich um Geburtstage von Kollegen, mault wegen der Schichteinteilung, plant Fastnachtsabende und hält sogar eine lange Büttenrede, die er dem Sohn vorher vorträgt.

Er ist Sozialdemokrat, ohne Mitglied zu sein, eher links, und lässt auf Brandt und Wehner nichts kommen. Stur, widerborstig. Auch in der Gewerkschaft. Er tritt aus, weil ihm *die Bonzen* nicht passen.

Theaterbesuche in Heidelberg und Darmstadt. Als Mittelstufenschüler übernimmt er – bzw. übernehmen sein Trenchcoat und sein Hut(!) – eine kleine Rolle in einer Schultheateraufführung. Klamauk. Als Oberstufenschüler lernt er, dass Theater eine eigene Art ist, die Welt zu erkennen und darzustellen.

Peter Weiss' *Marat/de Sade* wird 1968 zum Theaterereignis, zu einem Abend, der dem Büchernarren einen neuen weiten Horizont öffnet. Gottfried John als *Robespierre*, Neuenfels als Regisseur.

Der junge Theaterbesucher entwickelt seit diesem Abend in Heidelberg – und seit der Aufführung von *Dantons Tod* – sein Interesse am Theater und seine Faszination für die Französische Revolution.

In einer zweiten Aufführung – *Zicke-Zacke*, ein englisches Stück über Fußball und jugendliche Fans, wiederum mit John sowie mit Ulrich Wildgruber und Elisabeth Trissenaar – platzt ein an einem Duschkopf befestigter *Pariser*. Nicht der einzige Anlass für einen echten Theaterskandal, der für noch mehr Schlagzeilen sorgt als *Marat/de Sade*.

Unaufgeregter geht es in Darmstadt zu, wo Säulen den Blick auf die Bühne behindern. *Der zerbrochene Krug* von Kleist, *Die Hose* von Sternheim (sechzig Jahre zuvor ebenfalls ein Skandalstück!), *Datterich* von Niebergall.

Und während einer Klassenfahrt 1968/69: *Aufstieg und Fall der Stadt Mahagonny* von Weill/ Brecht, aufgeführt in Saarbrücken.

UNSER OBERSTUFEN-DEUTSCHLEHRER, HERR R., HAT VIEL DAZU BEIGETRAGEN, DASS ICH EIN GROßES UND DAUERHAFTES INTERESSE FÜR DIE LITERATUR UND DAS THEATER ENTWICKELT HABE.

MEINE ELTERN HABEN IN IHREM LEBEN KEIN EINZIGES MAL EIN THEATER BETRETEN. THEATER HIEß FÜR SIE: FERNSEHABENDE MIT DEM HAMBURGER OHNESORG-THEATER, DEM KÖLNER MILLOWITSCH-THEATER UND DEM MÜNCHNER KOMÖDIENSTADL.

Zur Kur. Die Schwester, eher dürr, fährt zweimal zur Kur. Nach Westerham in Oberbayern, nach Wyhk auf Föhr. Die Eltern und der Bruder bringen sie zum Sonderzug. Sie weint, will nicht fahren.

Aus Westerham gibt es zwei Fotos einer lachenden Mädchengruppe, Winterkleidung, Schnee auf den Wiesen.

Der Vater ist einmal im Alpenvorland in einer Kurklinik, nach einer Stirnhöhlenoperation. Wenige Fotos. Er in Knickerbockern und schweren Schuhen am Hang, einige andere Männer mit Hut. Eine Gruppe attraktiver Frauen.

Die Mutter hat einen Kuraufenthalt nötig, weigert sich jedoch. Sie will keine Almosen. Sie klagt gleichzeitig, andere hätten *Beziehungen*, seien eben frecher, rücksichtsloser und jetzt schon zum zweiten, dritten Mal mit dem Eisenbahner-*Sozialwerk* an der Nordsee.

JAHRZEHNTE SPÄTER, ALS ES AUCH ÖFFENTLICHES THEMA WIRD, ERZÄHLT DIE SCHWESTER VON DEN KINDERHEIMAUFENTHALTEN. NUR IN ANDEUTUNGEN. AUF FÖHR SEI ES SCHLIMM GEWESEN.

Rechtsanwälte, Steuerberater, Ärzte, viele Lehrer, Schmuckhändler, Bankdirektoren, Fabrikanten, Revierförster, Künstler, Bäcker, Konsum-Filialleiter, Apotheker, Ladenbesitzer, Finanzbeamte. Doch auch einige Post-, Polizei-, Zoll- und Bahnbeamte. Andererseits ein Oberforstdirektor, Eigentümer von Brauereien und Molkereien, ein Graf.

In den späten Sechzigern gibt es in den Familien der Oberstufenschüler immer noch wenige Frauen, die berufstätig sind.

Der Gymnasiast kennt einige Mütter, die – so erzählen die Eltern und *so ist es bekannt* – aus *kleinen Verhältnissen* stammen und *gut geheiratet* haben. Er kennt von Kindesbeinen an zwei alleinerziehende berufstätige Mütter.

Kinderaugen, die alles größer, überwältigender und beängstigender wahrnehmen. Der kleine Junge und seine Schwester bauen im elterlichen Bett ihre Verstecke. Unüberwindliche Mauern und unergründliche Höhlen aus Federbett und Kopfkissen.

Der Heuboden in Seckmauern, der Schuppen in Erbach, Kinder- und Wohnzimmer in Goddelau – viel Platz für Erkundungen, Spiele, Geheimnisse und Verstecke.

In den Kellerräumen des Goddelauer Bahnhauses – ehemals einem Weinhändler gehörend, Backsteingewölbe, feucht und dunkel – lagern Berge von Kohlen, Briketts und Kartoffeln. Angst, sich zu verirren. Überall Mausefallen und Rattengift.

In den Erbacher Ferien der Auftrag an den *schon großen* kleinen Jungen, Bier oder Limo oder später Heizöl aus dem Keller in das obere Stockwerk zu holen. Bereits die Dunkelheit des Treppenhauses und erst recht die steile Kellertreppe ängstigen das Kind.

Die Entdeckung, dass die Mutter nicht nur Mutter, sondern auch Frau ist, erschüttert den Elfjährigen. Als ihr Bauch dicker und dicker wird, wissen er und – was ihm peinlich ist – seine Freunde, dass sie *es* getan hat.

Was in dieser Zeit als geheimnisvolles Wort getuschelt, vergeblich im *Volkslexikon* nachgeschlagen und als stümperhafte Zeichnung auf den Asphalt der Bahnhofsallee gekritzelt wird... das gehört auch zu seiner Mutter.

Erst wenige Monate zuvor hat er seine Mutter erstmals nackt gesehen, genauer: ihren weißen Bauch und Hintern, von der Seite, durch das Schlüsselloch der Wohnzimmertür. Der Fernseher war laut gestellt, was ihn, der im Kinderzimmer nebenan schläft, weckt. In der Küche und im Schlafzimmer der Eltern ist niemand. Er klopft an die Tür, schaut durch das Schlüsselloch, sieht die Mutter, flieht zurück in sein Bett. Die Mutter kommt zu ihm, tröstet den verstörten, abwehrenden, geständigen, weinenden Jungen. Sagt, es sei *nicht schlimm*, dass er sie gesehen habe.

Der Junge, der seinen dann im Sommer 1962 geborenen kleinen Bruder liebt, viele Jahre herzt und beschützt, wird von der Mutter und den

Tanten mütterlicherseits lange Zeit mit der Behauptung konfrontiert, er habe wegen der Geburt des Bruders *gebockt*, das Baby abgelehnt und *am liebsten in einen Kühlschrank einsperren* wollen.

Eine ewige Leier. Schmerzhaft. Der Junge kann auch in späteren Jahren diese Unwahrheiten nie entkräften, die Wahrheit nie äußern und seine Scham nie bekennen.

Zerstobene Träume. Der Vater und sein Sohn, manchmal auch die Mutter und Schwester, sitzen 1962/63 um den Couchtisch. Auf kleinkarierten Bögen sind Zimmer, Flure, Fenster nach draußen, Innentüren zu erkennen – vom Vater akkurat auf Millimeterpapier gezeichnet mit einem Kopierstift. Die Maßangaben mit einem feinen Bleistift. Ein Haus am Hang, mit Souterrain.

Die Flächen werden mit kleinen Schnipseln aus dünnem Karton gefüllt. Tische, Schränke, Couch, Betten, Herd, ein Kühlschrank(!). Eine Badewanne(!!). Es wird umgeräumt, ein weiterer Bogen Karton wird mit der Nagelschere zerschnitten. Eine neue Version des Kinderzimmers, des Balkons, des Hobbykellers für die große Eisenbahnanlage des Jungen. Ein Traum in vielen Varianten. Ein eigenes neues Haus auf dem Schöllenberg, am Waldrand oberhalb des Reservoirs, das der Junge als Ferienspielplatz so gut kennt.

Der Junge erfährt nie, warum die herrlichen Baupläne und das papierne Mobiliar plötzlich für immer verschwinden.

Akkordeon statt Geige. Der Vater erzählt wenig *von früher*, aber dies: Er habe als Junge Geige spielen wollen. Doch dafür war kein Geld da, außerdem spiele ein Bierkutschersohn nicht Geige.

Der Vater hat sich als junger Mann das Akkordeonspiel selbst beigebracht. Er spielt zuhause und manchmal zusammen mit seinem Kollegen S. in der Bahnhofswirtschaft. Der Junge sieht die beiden auf der Eckbank sitzen; peinlich berührt und doch stolz.

Zehn Jahre später, schon in Erbach, zieht sich der Vater fast täglich – nach der Schicht oder der Arbeit im Garten oder am Haus – zurück und *orgelt*. So nennt man es in der Familie, eher gelangweilt und abschätzig. Und tatsächlich schafft sich der Vater neben dem kleinen und dem großen Akkordeon eine Hammondorgel an. Er spielt fast alles, virtuos, *nur nach Gehör*.

Samstags wird gebadet. Im Kindesalter an warmen Sommertagen in einer Zinkbadewanne im Hof, sonst in der *Übernachtung*. So heißt der Flachbau auf dem Bahnhofsgelände, der dem Lokpersonal und Schaffnern, aber auch anderen auswärtigen Eisenbahnern als Schlafstätte dient. Feldbetten, schwere graue Decken, Spinde. Und eben auch drei Kabinen – zwei mit Duschen, eine mit Wanne.

Die Duschen und die Wanne können auch von örtlichen Eisenbahnern und deren Angehörigen genutzt werden. Die 20 Pfennig werden am Fahrkartenschalter bezahlt.

Die Schwester wird von der Mutter begleitet (Wanne), der Junge geht zusammen mit dem Vater (natürlich Dusche). Viel Platz. Ein nasser, schmieriger Lattenrost auf dem Boden, zwei Haken für Handtücher und die Kleidung, ein Hocker. Hier lernt der Junge, sich den Rücken selbst abzutrocknen, diagonal, den einen Zipfel rechts oben über der Schulter, den anderen links unten auf Hüfthöhe. Dann umgekehrt.

Die Wohnung der Familie hat nur ein kleines WC mit einem winzigen Waschbecken. Die Woche über waschen sich die Familienmitglieder (*obenrum*) am Spülstein in der Küche.

Die Erbacher Großeltern haben einen Fernseher mit Unterbau, der auf dem Wohnzimmertisch, an dessen Ende, steht. Der Blick der Zuschauer auf den Bildschirm ist immer leicht nach oben gerichtet. Egal, ob man am Tisch (Opa G. sitzt immer an der gegenüberliegenden Stirnseite des Tischs, vor sich eine Flasche Bier) oder abseits davon am Ofen sitzt.

Mit der *Tageschau*-Erkennungsmelodie und dem Antennen-Bild beginnt der Fernsehabend.

Dem Ferienkind ist ein Korbsessel vorbehalten, in dem es meistens bald einschläft.

.

Der Junge wird nicht nur ohne viel Aufheben protestantisch erzogen. Für ihn ist ebenso selbstverständlich, die SPD zu wählen. Nie kämen Vater oder Mutter auf die Idee, der CDU ihre Stimme zu geben. An *den Schwarzen* wird kein gutes Haar gelassen.

Der Unterstufenschüler ist geschockt und enttäuscht, als eine von ihm umschwärmte Mitschülerin im Vorfeld der Bundestagswahl 1965 in einer geheimen Test-Wahl (im Schulunterricht) die CDU ankreuzt. Er hat ihr über die Schulter geschaut.

B. kommt aus dem südlichen Einzugsgebiet des Gymnasiums Gernsheim, aus Biblis oder Bürstadt, katholisch, die Eltern betreiben ein Möbelgeschäft.

Die Mutter kann mit den seltsamen Studieninteressen und den vagen Berufszielen des Sohns wenig anfangen. Sie drängt ihn, *zur Bahn* zu gehen oder *aufs Finanzamt*. Das sei sicher.

Der Oberstufenschüler schämt sich nicht des Berufs seines Vaters, doch er hat einen geheimen Wunsch: Das Gehalt des Vaters soll die Eintausend-Mark-Grenze überschreiten.

Der Verkauf von Honig und Obst (Heidelbeeren, Himbeeren) ist ein geringfügiges Zusatzeinkommen.

Dass die Mutter jeden Werktagabend die Büroräume eines Ingenieurbüros putzt, verschafft ihr eigenes Taschengeld. Dafür, dass sie es tun muss, schämt sich der Sohn.

Erste gemeinsame Erkundungen der eigenen Sexualität. Mit anderen Jungen. Onanieren im Schuppen mit Freund K., im total verdreckten Außenklo des Gernsheimer Bahnhofs mit einem Klassenkameraden, in Oma E.s Kuchenzimmer mit Cousin W.

Bockfett.

An dem großelterlichen Küchentisch wird nach dem Nachtessen oftmals gearbeitet oder manchmal auch gespielt. Beides kennt der Junge nicht von zuhause. Während der Schulzeit gehen er und die Schwester um acht Uhr schlafen.

Hunderte winzige Schrauben und Muttern sowie die doppelte Anzahl metallener Klemmen werden portionsweise auf den Tisch gekippt. Das Zusammenfügen ist eine stupide, anstrengende Arbeit. Die Fingerkuppen schmerzen bald und sind nach getaner Arbeit pechschwarz. Der Junge lernt Heimarbeit kennen, hört von *der Rowenta* (bei der Tante E. tagsüber arbeitet). Er beobachtet still (doch auch gespannt und stolz), wie der eine Haufen kleiner und der andere größer wird. Ein dicker Mann, der das Material gebracht hat, holt die zusammengeschraubten Klemmen nach einigen Tagen wieder ab. Wieder zuhause wird der Junge in der Schulklasse davon erzählen, dass er geholfen hat, Bügeleisen zu bauen.

An den Rommé-Abenden – manchmal wird auch Canasta gespielt – fühlt sich der Junge als Fast-Erwachsener. Er spielt gut, strengt sich an, keine Miene zu verziehen, hat Glück. Und er hat Geduld, legt nicht alle Karten schnell auf dem Tisch aus. Er genießt das abendliche Zusammensein mit Oma E., Tante E. und Tante R. Wenn Tante T. dazukommt – sie wohnt als Einzige nicht im Haus –, ist die Runde komplett.

RISKANTES SPIEL IST BIS HEUTE MEINE STÄRKE UND SCHWÄCHE, WENN KARTEN AUF DEM TISCH LIEGEN.

DIE ROMMÉ-ABENDE STEHEN FÜR MEHR: IN MEINEN ERBACHER FERIENWOCHEN BIN ICH DER KLEINE HAHN IM KORB DER GLUCKE UND IHRER TÖCHTER.

Fuzzy-Filme, der *Koloss von Rhodos* und andere Sandalenfilme auf der einen Seite, *Die Halbstarken* und *Das Schweigen* auf der anderen. *Die Brücke* und *Die Mädchen vom Immenhof. So weit die Füße tragen* und *Laila*, in die sich der Neunjährige – obwohl das Mädchen im Film zur erwachsenen Frau wird – verliebt und deren Vorname er zu seinem Lieblingsvornamen für Mädchen erklärt.

Er trägt im ersten Gymnasialjahr eine kleine Autogrammkarte (ohne Autogramm) von der noch sehr jungen Brigitte Bardot im Portemonnaie. Ein strahlendes Lächeln, Pferdeschwanz. Manche Klassenkameraden kann er davon überzeugen, dies sei seine Freundin. Zur gleichen Zeit erklären Mädchen ihm auf dem Pausenhof ganz rigoros: *Quintanerinnen gehen nicht mit Sextanern.*

Redewendungen, um die spürbaren und anerkannten, nicht zu ändernden sozialen Unterschiede in den Griff zu bekommen. *Wir, die kleinen Leute. Einfache Menschen. Die da oben. Geld (allein) macht auch nicht glücklich. Das kommt in den besten Familien vor.*

Das *Wir* ist ausgeprägt. *Prolet* ist kein Schimpfwort, doch ein Dasein, das man hinter sich lassen will. Der Junge kennt nur sehr wenige Industriearbeiter (seine Onkel nimmt er gar nicht als solche wahr), und diese eher anonym als Pendler, die mit dem Zug Richtung Darmstadt, Frankfurt oder zu *Opel* nach Rüsselsheim fahren.

Im Umfeld der Familie und anderer *kleiner Eisenbahner* kennt er Postler und Polizisten, Bauern und Handwerker. Auch Verkäuferinnen und Schornsteinfeger zählen zu den *kleinen Leuten.*

Lehrer, Ingenieure, Haus- und Zahnärzte, Friseure, Ladenbesitzer, Metzger und Bäcker, Gastwirte gehören nicht dazu, sind Leute, denen man begegnen muss, weil sie etwas haben und etwas können, das benötigt wird.

Besançon. Die vibrierende Terrasse des *Granvelle* im Sommer 1968. *Velo Solex*. Die erste *Boum*. Die Freunde D., J. und B.; ein Arbeiterkind, katholischer Mittelstand, französische Bourgeoisie. Die Mutter des einen kocht *Ratatouille*, die Kinder der anderen Familie siezen die Eltern, im Haus des dritten Freundes dominiert der schwere Duft von Lilien.

La Verte. Bowling. Ein karges Frühstück. *Steak frites*. Kalter Spargel. Mädchen tanzen mit Mädchen. *Tintin*. Tränen zum Abschied.

Boche genannt zu werden, ist nicht ausgeschlossen, kommt ab und an vor. Er denkt nach, zeigt Verständnis. Kein Grund zur Beunruhigung.

Im folgenden Jahr schicken die drei Freunde *ihrem Boche* ein großformatiges Foto, aufgenommen auf der Terrasse der Familie B. *Les copains*, in schwere graue Wintermäntel gekleidet, zeigen den *Hitler-Gruß*, ernst dreinschauend.

Vor der Aufnahme lächelnd? Hinterher prustend?

Vexierbild. Der Großvater war in jungen Jahren ein Rabauke, trank schon damals gern. Ein Mann aus dem Viertel, Malermeister, zeigt dem kleinen Jungen eine Narbe hinter dem Ohr. *Das war dein Opa, mit einem Bierhumpen.*

Der Junge, der mittlerweile schon ein fragender Jugendlicher ist, kann sich seinen Opa G. nun durchaus in einer SA-Uniform vorstellen. Krakelend am Biertisch.

Die SS-Uniform seines *im Krieg gebliebenen* Onkels ist Wirklichkeit. Alles andere als ein schneidiges Mannsbild. Ihm traut er keinen Hieb mit dem Bierglas zu.

Sein Vater hält auch in einer Zeit zu ihm, als sich die Wege bereits getrennt haben. Er schreibt eine mehrseitige Erklärung, mit der er gegen die Nicht-Anerkennung des Sohnes als Kriegsdienstverweigerer protestiert. Er erklärt diesen Protest mit der eigenen gestohlenen Jugend durch *Barras* und Krieg.

Er ist bitter enttäuscht, dass seine ausführliche (maschinenschriftliche!) Einlassung ignoriert wird.

Der junge Erwachsene, ein hübscher Kerl, ist beliebt. Auch begehrt von wenige Jahre älteren, bereits verheirateten Frauen aus dem weiten Bekanntenkreis. U., M., M. und S. schieben bereits Kinderwagen. Die Distanz zu seinem Studienort schafft Klarheit, macht Entscheidungen in drei Fällen überflüssig. Die vierte fällt schwer.

Die Fußballmannschaft ist für den Jugendlichen wichtiger, prägender, sozialisierender und stabilisierender als die Schule. Anerkennung, Kameradschaft, Hilfsbereitschaft, Spaß, Freunde, Respekt, Erfolg, Ehrgeiz, Zusammengehörigkeit, Freude findet er zwischen den beiden Toren, auf dem Platz, im Spiel. Ein Gemeinschaftswerk, zu dem er das Seine beiträgt.

Der engere Freundeskreis, die Clique, diejenigen, mit denen er am Wochenende zum Tanzen geht, mit denen er Biere trinkt, das Kino besucht und um Mädchen buhlt, sind Fußballer, nicht Schulfreunde. Gibt es Überschneidungen, zählt das *gewollte* Fußballer-Dasein mehr als das des *zufälligen* Mitschülers.

Mit Fußball sind auch Zeitungsberichte, Meistermannschaften, Pokale und erste Auslandsfahrten verbunden. Exzesse an den Abenden von Pfingstturnieren. Im Winter unter den kurzen Hosen ausrangierte Nylons der Mutter statt langer grauer Unterhosen des Vaters. Beim Kopfball hinderliche Klammern im längeren Haar. Aber ebenso der Kasernenton von Verbandstrainern. Appelle an *Zucht und Ordnung.* Ungerechtigkeit und Vetternwirtschaft im Verein.

Fahrkartenausgabe, Güterhalle, Gepäckabfertigung, Rangierer, Lokomotivführer, Schrankenwärter, Schaffner, Weichenwärter. Alle sind Eisenbahner, damit in den Augen des Kindes gleich. Nur der Bahnhofsvorsteher ragt heraus, doch nicht sonderlich.

Später hört der Junge nicht nur von *Laufbahnen* und *Gehaltsgruppen*. Er weiß auch, dass es Eisenbahner gibt, die beispielsweise als Amtsrat *auf der Direktion* beschäftigt sind. Sie tragen Anzüge und Krawatten oder Fliege, keine Uniform und keine Mütze, keine schweren Schuhe, keine dicken speckigen Hosen und keine karierten Hemden und keine schweißgetränkten Halstücher.

Der Junge ist stolz, dass sein Vater auf dem wichtigen Befehlsstellwerk arbeitet.

Tante E. hat einen Sohn, aber keinen Mann. R. hat pechschwarzes Haar und wird deshalb von Kindesbeinen an *der Schwarze* genannt. Sein Vater lebt schon längst wieder zuhause, im Iran. Ein persischer Fachschüler, der im Odenwald das Elfenbeinschnitzen gelernt hat.

Tante E. verführt und heiratet nach einigen Jahren einen *Schiffschaukelbremser*, der zum Wiesenmarkt in der Kreisstadt ist. Ein treuherziger Mann aus der Heilbronner Gegend.

Onkel W., der nie *Onkel* genannt werden will, zieht nur noch ein oder zwei Jahre mit Schaustellern durch die Lande, dann wird er sesshaft und verdient sein Geld als Estrichverleger und mit Hilfsarbeiten am Bau.

Ein freundlicher Onkel, an dessen Stelle der Junge anfangs manchmal im Bett und an der Seite von Tante E. schlafen darf. Er mag ihr Nachthemd, ihren Geruch und ihre langen Finger.

Zum Wiesenmarkt ist W. auf jeden Fall in der Kreisstadt. Mit dem *Koch-Zelt*. Der Zwölfjährige darf beim Aufbau des größten Bierzeltes dabei sein und verschlingt dann am langen Tisch der Schausteller Frikadellen und Gurkensalat. Ein Jahr später schleppt er als Handlanger von W. auf einer Feierabend-Baustelle T-Steine und weigert sich trotz großen Hungers, beim abendlichen Mett mit rohem Ei zuzugreifen.

Als Onkel W. wieder das Weite sucht, bleibt Tante E. zunächst alleine. Sie ist um die Vierzig, als sie einem portugiesischen Arbeiter ihre offenen Arme und großen Hände schenkt. Nicht-Wohlgesonnene titulieren den Mann als *Scheich*. Der Halbwüchsige kann auch seine Mutter nicht von der zweifachen Dummheit solchen Geredes überzeugen.

Cousin R., *der Schwarze*, der als Kind mit einem gräflichen Spross umherzieht und mit dessen Rückendeckung in einer Schreibwarenhandlung gern *anschreiben* lässt, macht als Heranwachsender früh Bekanntschaft mit Polizisten und Schließern.

Schnatternde und züngelnde Gänse ängstigen den Jungen. Wenn er an manchen Sonntagen *Essen tragen* muss – sein Vater hat Dienst auf einem Stellwerk in Richtung Stockstadt –, queren die Gänse sogar neugierig einen Graben. Er beschleunigt seinen Schritt möglichst unauffällig.

Im Stall von Opa M. befürchtet das Kind, zwischen die riesigen Hinterteile der brüllenden oder träge kauenden Kühe zu geraten.

Blindschleichen und Ringelnattern, Hunde und Bienen ängstigen ihn nicht.

Elfenbeinschnitzer, Dachdecker, *AOK-Kontrolleur*, Eisenbahner, Brauer, Autoschlosser, Krankenschwester, Färber, Bernsteinschleifer, Fabrikarbeiterin, Bierkutscher, Postler, Dachdecker, Schuster.

1966 gibt es in der Straße *Am Brühl* drei Haushalte mit Telefon. Ein Krankenhausarzt, ein Ladenbesitzer und eine kleine Wohnzimmer-Wirtschaft.

Drei noch freie Wiesengrundstücke werden bebaut. Ein Arzt, ein Sparkassenangestellter und der Sohn des Ladenbesitzers – Architekt – werden neue Nachbarn.

Jeder weiß, wer wann morgens zur Arbeit geht. Wenige mit Auto, die meisten zu Fuß. Der Dachdecker auf seinem alten Fahrrad. Die Straße ist eine Sackgasse.

Jeder kennt jeden. Die Alten seit zwei Generationen, die Jungen seit vielen Jahren. Viele Türen stehen offen. Nur Wenige kennen die Wohnzimmer eines Nachbarn. Man schwätzt bei jeder Gelegenheit, hilft, wo nötig, besucht sich aber nicht zum Vergnügen.

Der Vater gilt als gescheit, ist belesen. Das Schreiben von Briefen ist ihm nicht gänzlich fremd. Zwei Briefe sind ihm wichtig. Die Durchschriften hebt er viele Jahre auf.

Den einen, mehrere handschriftliche Seiten voller Hoffnung und Vertrauen, richtet er an den hessischen Ministerpräsidenten: *Lieber Landesvater* Hans Georg Zinn. Es geht um einen Streit mit dem örtlichen Bauamt, den Bau seines Bienenhauses betreffend.

Der zweite, eher ein Zettel, ebenfalls handschriftlich, beinhaltet eine Beschwerde und Aufforderung. Der Adressat, Studienrat H., wird im Brief ohne jede Grußformel und Höflichkeitsfloskel angesprochen: *Herr Lehrer!*

Literaturkritiker wäre sein Traumberuf. Etwas weniger ambitioniert: Journalist ist einer der ersten Berufswünsche des Oberstufenschülers. Er schreibt Artikel und Kommentare in der Schüler- und Schulzeitung (*Micheline*) des Gymnasiums. Dazu dann Beiträge für eine österreichische Schülerzeitung.

Er geiselt die Düsseldorfer Jugendmesse *teenage fair 69* als Konsumterror-Veranstaltung und als Versuch des Kapitalismus, den Aufbruch und die Rebellion der Jugend zu kommerzialisieren und sich dienstbar zu machen.

Der Mann im Mond stellt die Frage, ob die USA die Mondlandung durch Bombardements wie in Vietnam vorbereitet hätten, wäre der Planet bewohnt gewesen. Die rhetorische Frage wird mit Ja beantwortet.

Fremdarbeiter thematisiert wütend gleich zwei Fragen: Bilden die Arbeitsimmigranten ein „neues Proletariat"? Wozu führt die Entwicklung dieser neuen Unterschicht im Bewußtsein und Handeln der klassischen Facharbeiterschaft? Die dritte Frage drängt sich dem sich der Revolution verschreibenden Eisenbahnersohn auf: Was bedeutet dies für die Errungenschaften der hiesigen Arbeiterklasse und den Klassenkampf?

Was wollen sie eigentlich? fragt nach den Interessen, Ansprüchen und Zielen der eigenen Generation, deren politisch desinteressiertem und deren politisch aktivem Teil. Er versucht auf drei eng beschriebenen Seiten eine (Jugend-) Generation-Definition in Abgrenzung erstens zur Väter- und zweitens zur Großväter-Generation. *Rebellion und Passivität* contra *Verlorene Jugend und Wirtschaftswunder* contra *Nazi-Anhängerschaft und Schlechtes Gewissen.*

FÜNFZIG JAHRE SPÄTER LESE ICH DIESE ARTIKEL MIT ERSTAUNEN. DAS IN VIELEN PASSAGEN VOM MARXISMUS GESPEISTE (KLASSEN- UND REVOLUTIONSTHEORETISCHE) VOKABULAR ÜBERRASCHT MICH. ICH WAR DAMALS SCHÜLER, NOCH NICHT MARBURGER STUDENT. DAZU VERSATZSTÜCKE PHILOSOPHISCHER, SOZIOLOGISCHER UND KULTUR-KRITISCHER ANSICHTEN. ES IST VIEL VON BEWUSSTSEIN DIE REDE. IDEALISMUS HAT UNS GETRIEBEN. DAZU GRENZENLOSER WISSENSDURST. DOMINIEREND DAS UNGEORDNETE UND WÜTENDE DER TEXTE; MEHR AUFSCHREI UND SUCHE ALS ANALYSE UND ANTWORTEN. SEHR LANGE SÄTZE, AUFBLITZENDE KLUGE GEDANKEN.

Er sieht sein eigenes Gesicht. Ohne in einen Spiegel zu schauen. Der Zwölf- oder Dreizehnjährige ist mehr erstaunt als erschrocken. Ein klappriger VW-Bus, GER das Kennzeichen, eine ältere Frau und eben er, sein Spiegelbild, schon im Halbstarkenalter.

So lernt der Junge seinen Stiefbruder kennen. Von dem er bis dahin nichts weiß. Er ist mit dem Fahrrad unterwegs, schon fast daheim, als der VW-Bus neben ihm hält, der junge Mann fragt, ob er, der Junge, die Engelhardts kenne, hier in der Bahnhofsallee. Der Junge bejaht, zeigt Richtung Hausnummer 12 und fügt an, er gehöre dazu.

Um den Couchtisch sitzen er und der Vater der rundlichen Frau und dem Ebenbild gegenüber. Die Mutter werkelt in der Küche, die Schwester ist nicht da. Es wird wenig gesprochen, etwas getrunken. Der Junge hört angestrengt zu.

Als die beiden Besucher wieder gehen, weint die Mutter in der Küche. Der Vater schweigt.

Der Junge ist irritiert, weil nun nicht mehr alleine er *der zweite Schorsch* ist – wie sein ganzes bisheriges Leben lang sämtliche Verwandten und Bekannten betont haben. Es gibt nun plötzlich einen zweiten *zweiten Schorsch*. Ein weiteres

Ebenbild des Vaters. Zwei Ebenbilder, die sich aufs Haar gleichen, sieht man von den fünf Jahren Altersunterschied ab.

Ein großer Bruder, wenn auch nur Stiefbruder, der dem Kleinen gleich beispringt. Er sagt zum gemeinsamen Vater, dass der Junge ruhig *Jerry Cotton* lesen könne, das sei schon in Ordnung. Er tue dies auch.

Der Junge wird älter, erfährt von der Mutter, dass diese über den unehelichen Sohn Bescheid gewusst hat. Er schlägt *Alimente* im *Volkslexikon* nach.

Die Verbindung in die Südpfalz, auf deren Tabakfeldern der aus dem Krieg heimkehrende junge Odenwälder 1945 die Mutter von E. geschwängert hat, wird nach dem Treffen nicht enger. Nicht für den Jungen. Ein Tabu.

Erst fünf Jahre später kommt es zu einem Briefwechsel der beiden Ebenbilder. Der Fast-Abiturient wird eingeladen, verbringt ein Wochenende bei dem Stiefbruder in Bruchsal. E. ist jetzt Berufssoldat, verheiratet, Vater eines Babys. Am Samstagabend besuchen sie eine große Disco in Karlsruhe. Er tanzt den ganzen Abend mit E.s sympathischer Frau, will sie ihm abspenstig machen.

Der Kontakt erstirbt erneut.

BEDAUERN? JA. BEMÜHEN? NEIN.

ES GIBT NUR NOCH EIN EINZIGES WIEDERSEHEN, ZWANZIG JAHRE NACH DEM ERSTEN TREFFEN. ANLÄSSLICH DER BEERDIGUNG DES FRÜH VERSTORBENEN GEMEINSAMEN VATERS. DER STIEFBRUDER STEHT UNERWARTET AUF DEM FRIEDHOF. MEINE EINLADUNG ZUM LEICHENSCHMAUS NIMMT ER AN. ERSTAUNEN UND ENTSETZEN UNTER DEN SCHWESTERN DER MUTTER.

WIEDERUM ANDERTHALB JAHRZEHNTE SPÄTER HABE ICH BERUFLICH IN GERMERSHEIM ZU TUN, FRAGE MICH IN KANDEL UND HATZENBÜHL DURCH. OHNE ERFOLG.

VON E.S TOD ERFAHRE ICH DANN PER ZUFALL DURCH MEINE SCHWESTER, DIE FÜR MICH IN DIESER TABU-ZONE NIE EINE ROLLE GESPIELT HAT.

Sevenoaks (Kent). In einer noblen Privatstraße in diesem eh schon schönen Städtchen in den sanften Hügeln von Kent besucht das Zweitsemester drei Freundinnen. S., A. und J. hat er zwei Jahre zuvor an der Côte d'Azur kennengelernt.

Es werden vergnügliche Tage, in denen er ihren Familien aus der Upper-Upper-Middleclass begegnet. Geschäftsführer einer Textilfabrik, Großwildjäger und Diamantenschürfer im südlichen Afrika, Top-Finanzmanager einer *Esso*-Landesgesellschaft. Die Ehefrauen hüten das Haus. Die Töchter besuchen eine Privatschule bzw. beginnen ihr Studium.

Er betritt zum ersten Mal ein *Pub*, er lernt beim Anschieben eines Autos das englische *Knickers* und muss sich daran gewöhnen, dass Linkskurven schwer einsehbar sind. Er spielt hinter dem Haus von Familie R. ein leidliches Tennis, macht seinen ersten Segeltörn zu einem Desaster für den ehrgeizigen Mr. O. und beeindruckt Mr. und Mrs. F. mit der dicken Ausgabe der *ZEIT* und seinen Kenntnissen über das Eisenbahnwesen.

Die Väter schweigen. Sie waren alle irgendwo im Krieg. Nirgendwo. Die Söhne erfahren wenig, nichts. Es gibt ein unscharfes oder zerknittertes Foto. Es gibt eine Anekdote, die allein für das komplette Elend des Krieges steht. Für den Irrsinn, den Tod oder für die Kameradschaft und *das verdammte Glück.*

Wir Jungen wollen keine Kriegsgeschichten hören. Auch nicht wenige Jahre später, als wir nach der Schuld fragen.

Die Pflichtjahrberichte der Mütter sind harmlos. Manchmal wird auch ein Franzose erwähnt, der beim größten Bauern im Dorf Dienst tat.

Der Krieg und die Kriegsjahre sind das Eine. Vom Anderen hat man nichts gewusst. *Wir hätten sowieso nichts ändern können.*

Landesschülerrat. Treffen auf dem Hohen Meißner. Hitzige Debatten. Die Frankfurter und die Landeier. Abendveranstaltung mit Konrad (Conny) Ahlers, ehemals *Spiegel*-Redakteur (und in der Strauß-Affäre kurzzeitig verhaftet), heute Sprecher der Regierung Brandt.

Frage: *Was halten Sie vom Butterberg?*

Klamauk.

Kartoffellese. An der Seite der Mutter und anderer Frauen, die einige Tage für Bauer K. arbeiten. Der Junge verdient sich das erste Taschengeld. Wenige Groschen, Markstücke für die Kerb.

Das schönste sind die Pausen, in denen es *Muckefuck* aus einer großen Milchkanne und riesige Scheiben Bauernbrot mit Marmelade gibt.

Im Spätherbst und Winter bekommt der Junge einen nachträglichen Lohn: Er holt beim Bauer *Metzelsupp'* und *Wellfleisch*.

Fremdes, Neues. Sein Studierenden-Dasein bedeutet, auch im Alltäglichen, im Privaten, im Nebensächlichen gänzlich Neues kennenzulernen. Zum Beispiel die kleinen roten *Ajona*-Zahnpastatuben. Mineralwasserflaschen neben Matrazen von Kommilitoninnen. *O-Saft* auf Einkaufszetteln von Wohngemeinschaften, teure Stereoanlagen auf Apfelsinenkisten, Regalbretter auf Backsteinen.

Er gibt Nachhilfeunterricht. Englisch und Französisch. Eine seiner Schülerinnen, zwei Klassen tiefer, dicklich, ist in ihn verknallt. Sitzt im Korbsessel, die Beine angezogen, etwas gespreizt. Fleischfarbene Nylons, Hüftgürtel. Sie versucht's.

Eines Tages wird sie ihm zum Verhängnis. Auf dem Weg zur Nachhilfestunde, die – was öfter vorkommt – in der Wohnung ihrer Oma stattfinden soll, spricht ihn der Wirt der Disco-Kneipe an. Die Verlockung: eine Fahrt im *BMW V8* zum Hockenheimring, wo der Wirt am nächsten Wochenende anlässlich des Formel-1-Rennens einen Bratwurststand betreiben wird. Eine Goldgrube.

Die Fahrt über Eberbach und Heidelberg dauert länger als erwartet. Die Zeit verfliegt. Eine Runde auf dem Ring, warten im Auto. Die Rückfahrt.

Am Abend fragt ihn der Vater, wo er gewesen sei. In der Nachhilfe. Er lüge. Warum er die Nachhilfe habe ausfallen lassen. K. sei da gewesen und habe ihn gesucht und sich beschwert.

Ein letztes Mal ein Schlag. Mit dem Spazierstock, einem Knüppel, in den der Halbwüchsige vor vielen Jahren Verzierungen geschnitzt hat.

In seiner unbändigen Wut droht der heulende und schreiende Siebzehnjährige mit Gegenwehr, die er nie wahrmacht – und zum Glück nie wahrmachen muss.

Fernsehabende. Abende, an denen die Familie zusammensitzt, samstags, später auch sonntags, als die Kinder größer sind und wenn wirklich *etwas Besonderes* läuft.

Der Blick in andere Familien, ins Private. Die *Schöllermanns*, dann die *Hesselbachs*, danach der Mehrteiler *Die Unverbesserlichen*. Harmloses rheinisches Wirtschaftswunder, dann hessischer Mittelstand mit brüchigen Fassaden, danach die Krisenjahre und privaten Implosionen ab Mitte der Sechziger. Identifikationsfiguren und Sozialgeschichte. Begeisterung für Wolf Schmidt, Liesel Christ, Lia Wöhr, Joseph Offenbach und Inge Meysel.

Straßenfeger. *Stahlnetz*, die Posträuber (*Die Gentlemen bitten zur Kasse*), Durbridges *Halstuch* und *Melissa*.

Die große Unterhaltung. *EWG (Einer wird gewinnen)* mit Hans-Joachim Kulenkampf und *Der goldene Schuss* mit Lou van Burg.

Kabarett in der Adenauer-Erhard-Kiesinger-Zeit. Die Berliner *Stachelschweine* und die *Münchner Lach- und Schießgesellschaft*. Gruner, Strietzel, Herbst, Hildebrandt, Drechsel, Havenstein, Herking, Noack.

Als Kind verbringt er die meiste Zeit der Sommerferien mit einem gleichaltrigen Jungen aus Darmstadt. M. ist ebenfalls bei seinen Großeltern zu Besuch, wohnt nicht weit entfernt. Der Junge und der Ferienfreund mögen sich. Der Vater des Jungen und die Mutter von M. gingen zwanzig Jahre zuvor in dieselbe Schulklasse.

Im nahen Brudergrund, entlang eines Baches, oder im verlassenen Steinbruch oberhalb des Wohnviertels verbringen die Jungen Stunde um Stunde. Tag für Tag. Jeden Sommer. Als sie zwölf oder dreizehn sind, sehen sie zufällig ein Nachbarsmädchen, ein Jahr älter als sie, Händchen haltend mit einem nochmals älteren Jungen. Sie sind eifersüchtig. Statt die Beobachtung für sich zu behalten, tratschen sie und dichten manches dazu.

Abends steht die Mutter von I. vor den beiden Haustüren. Das Mädchen hat *alles* geleugnet. Die Jungen gestehen, dass *nicht alles* so passiert sei.

Zu den meisten Auswärtsspielen fahren die Schülermannschaften des TSV Goddelau mit dem Fahrrad. Immerhin fünf oder auch mal zehn Kilometer, einfache Strecke, oft bei Gegenwind.

So wie *Heftchen* als Schienbeinschützer dienen, so werden wegen des kühlen Winds Zeitungsseiten unter das Trikot geschoben. Die Zehn- bis Vierzehnjährigen der C-II und C-I tragen die volle Fußballmontur, sogar die Schuhe, was wegen der Stollen das Radfahren nicht leicht macht.

Der Junge ist stolz auf sein blaues und auf sein gelb-rot gestreiftes Mannschaftstrikot. Am späten Samstagmorgen – nach den wenigen Schulstunden – muss er oftmals noch zum Einkaufen. Schon dafür zieht er Trikot, Hose und Stutzen an. Die Schuhe gewichst und blank gewienert, die Schnürsenkel blendend weiß.

Das erste Paar Fußballschuhe bezahlt er selbst, vom spärlichen *Sonntagsgeld*. Gebraucht, knöchelhoch, genagelte Stollen. Gekauft für fünf Mark vom Sohn des Bahnhofswirts.

Zwischenzeit. Der große Junge wird zum kleinen Mann. Sonntags mit Krawatte, Hut, Bügelfalte, Trenchcoat. Eine kurze Zeit des Übergangs. Ein Foto, aufgenommen in Klingenberg.

Bei der Überquerung der dortigen Mainbrücke hat der Junge bei jedem noch so leichten Windstoß Angst, seinen Hut und seine erste Armbanduhr zu verlieren. Die linke Hand in der Manteltasche, die rechte am Kopf.

Er wird belächelt.

Mit dem Wiesenmarkt – *Wiesemaik* – sind über die vielen Jahre der Kindheit und der Teenagerzeit dauerhafte Eindrücke verbunden. Was anderswo Fassenacht oder Karneval ist, ist in Erbach *de Wiesemaik*.

Am Bahnhof, an der Rampe zwischen Güterhalle und Bahnübergang, kommen viele Schausteller an. Die Waggons sind beladen mit Gestänge, Zeltplanen, Wohnwagen, Zugmaschinen, Tieren. Ein Schauspiel, das in den beiden Wochen vor dem *Wiesemaik* das einwöchige große Volksfest ankündigt und nach und nach *wirklich* werden lässt. Durch die enge Bahnhofstraße, die bei den Einheimischen die *Mielgasse* (Mühlgasse) heißt, ziehen die Trecks Richtung Marktplatz, Vorstadt und Festplatz, der am anderen Ende der Kleinstadt liegt. Karusselbetriebe, das *Koch-Zelt*, Autoscooter, Wurst- und Süßigkeitenstände wachsen aus dem Boden.

Wenige Jahre später – die in den Odenwald führenden Straßen sind ausgebaut, der Schienenverkehr verliert an Bedeutung – reist der Junge bereits allein in die Ferien. Zwischen Michelstadt (dem vorletzten Haltepunkt) und Erbach drückt der Junge seine Nase an den

Zugfenstern platt. Auf der anderen Seite des Mümlingtals, jenseits des Schwimmbads, dort oben, wo das markante Dach des Landratsamts zu erkennen ist, ragt bereits das Riesenrad in den Himmel.

Noch hat das Fest nicht begonnen. Noch wird aufgebaut und werden leere Plätze gefüllt. Eine Schiffschaukel benötigt mehr Zeit als eine Losbude. Der Junge spaziert zwischen den Fahrbetrieben und Wagen umher, ist neugierig, bewundert die Aufbauhelfer, schaut nach gleichaltrigen fremden Mädchen. Hier und da bleibt er vor einem Wagen stehen. *Mitfahrer gesucht!* Fernweh.

Ein langer bunter Umzug am Eröffnungstag, mittwochs darauf der Kinderumzug, zwei große Feuerwerke, ein Boxwettkampf, Reitturnier am Bauernmontag, Handball- und Fußballspiele mit Auswahlmannschaften und gegen höherklassige Gegner, Fechten, Pferderennen am zweiten Sonntag.

Der Junge kann zuhause – im Ried – von Ereignissen und Erlebnissen erzählen, die nur er kennt. Niemand sonst, so denkt er, hat etwas wie den *Wiesemaik* je selbst erlebt.

Reichtum und Armut. Der Junge lernt sie als Extreme kennen. Dazwischen nur fließende Übergänge und Unterschiede, die nicht in Geld gemessen werden, eher am Status und Auftreten.

Zwei Schwestern – I. ist seine Mitschülerin, H. die Freundin der Schwester – gehören zur reichsten Familie im Dorf. Eine Holz- und Baustoffhandlung, ein prächtiges Haus, ein sehr großes Grundstück. Im Arbeitszimmer des Vaters hängen Geweihe und Köpfe afrikanischer Böcke an der Wand. Der Junge ist davon und von der Schiebetür zwischen Ess- und Arbeitszimmer fasziniert.

Ein Jagdhund, Garagen, ein kleiner Pool. Der Junge und seine Schwester sind mit den Mädchen eng befreundet und oft und gern im Haus der Familie H., das am Ende der Bahnhofsallee, direkt am Bahnübergang steht.

Eine andere gute Freundin der Schwester wohnt am anderen Ende des Dorfs, im alten, bäuerlich geprägten Viertel rund um die Weidstraße. Eine arme Kleinbauernfamilie. H. und vor allem ihr Bruder H. fallen bereits in den ersten Klassen der Volksschule zurück, benötigen und erhalten die Hilfe von Mitschülern. Auf Klassenfotos fällt die ärmliche Kleidung ins Auge, als sei das Geschwisterpaar Aufnahmen dörflicher Szenerie der frühen 30er Jahre entsprungen. Die Mutter der beiden backt die besten *Kreppel* im Dorf.

Zur vermutlich wohlhabendsten Bauernfamilie gehört G., ein Mitschüler und Fußballkamerad des Jungen. Ein sehr großes Anwesen, stattliche Gebäude, ein Familienname, der in der Dorfgeschichte seinen festen Platz hat.

Am 13. April 1960 besucht der Junge mit dem Vater und zwei Arbeitskollegen zum ersten Mal das Frankfurter Waldstadion. Die Eintrittskarte (1,50 DM) und die Bratwurst am Bahnhof Sportfeld sind ein Geschenk für sein gutes Zeugnis.

Der Neunjährige sieht wenig vom Spiel, stimmt schreiend in den Jubel der Zuschauer ein. Während der Heimfahrt am späten Abend, im überfüllten und verqualmten Zug, nickt er immer wieder ein, todmüde und von den Erwachsenen geneckt. Zuhause fällt er sofort in einen unruhigen Schlaf.

Die *Eintracht* ist – neben dem TSV Goddelau – ab diesem 6:1 gegen Glasgow Rangers seine Lieblingsmannschaft. Ihm gefällt das Eintracht-Trikot und er würde gern so spielen können wie Pfaff und Lindner.

Wenige Jahre später, schon auf dem Gymnasium in Gernsheim, schwärmt er für den aus Augsburg zur Eintracht gekommenen Georg (Schorsch) Lechner. Er hat von ihm eine persönlich unterschriebene Autogrammkarte.

Mit neunzehn Jahren fährt er zu einer Parteiversammlung. 30 Kilometer mit dem Zug Richtung Darmstadt. Er wird vom Gebietsbeauftragten zum Nachtessen eingeladen. Viel stürzt auf ihn ein, viel Neues, Unbekanntes. Ein großer Schritt ins Ungewisse.

Was der frischgebackene Kommunist sein Leben lang nicht vergessen wird: die Eckbank in der Küche und das Bauernbrot, Hausmacher Wurst, Senf und Gurken auf dem Tisch. Apfelwein oder Bier. Wie zuhause.

Dass die neue Zeit so beginnen würde, hat er nicht gedacht.

Ein gebrauchter *Ford Taunus 12M* ist das erste Auto der Familie, gekauft 1965. Stolz. Nach dem Fernseher die zweite große Anschaffung. Das bräunliche Gelb findet der Junge hässlich. Er hätte sowieso lieber einen *17M* (mit Haifischflossen!) vor der Bahnhofsallee 12 stehen sehen, einen, wie ihn der Zigarettenlieferant der Bahnhofswirtschaft fährt.

Dass der Vater bei der ersten Spritztour alle Einzelheiten des Armaturenbretts erklärt, auch das Handschuhfach öffnet und schließt, nur mit der linken Hand steuert, ängstigt den Jungen und die Schwester auf der Rückbank. Die Mutter klammert sich auf dem Beifahrersitz an ihre Handtasche.

Auf dem *12M* lernt der Junge vier Jahre später das Autofahren, am Erbacher Sportpark.

Ein beiger *Simca 1301* wird das zweite Auto des Vaters. Zu dieser Zeit fahren zwei Schwiegersöhne von Opa M. bereits *Metzgerautos*: einen *Opel Kapitän* bzw. einen *Opel Admiral*.

Der Sohn wünscht sich nach dem Abitur einen *R4* oder eine *Ente*. Er bekommt einen gebrauchten *NSU Prinz 1000*, plündert sein Sparbuch und zahlt die Hälfte der tausend Mark.

Dass es Dialekt spricht, ist dem Kind nicht bewusst. Es spricht, *wie ihm der Schnabel gewachsen ist.* Alle sprechen den Dialekt der Gegend. Aus der Reihe fallen die, die einen anderen sprechen.

Ein Mieter im Bahnhaus – der Bahnhofsallee 12 – kommt aus der Hohen Tatra; er und seine Frau sprechen eine in den Ohren der Kinder seltsame, ulkige, von ihnen gern nachgeäffte Sprache.

Eine Eisenbahnerfrau, die Anfang der 60er Jahre neu zugezogen ist (und zufälligerweise ebenfalls aus dem Odenwald kommt), vermisst im flachen Ried die *Biggel* (die Berge), was die Kinder irritiert. *Biggel* sind hier im Ried die Murmeln, die andernorts vielleicht *Klicker* heißen.

Als der Junge vierzehnjährig wieder zurück in den Odenwald kommt, verpassen ihm seine ersten Freunde für kurze Zeit einen Spitznamen, der in seinem Ried-Dialekt begründet ist: *Händsching* (Handschuhe). Er hätte auch *Pärsching* (Pfirsich) oder *Penning* (Pfennig) getauft werden können. Es kommt zum Glück ganz anders.

In der Familie wird über all die Jahre hinweg ein Kauderwelsch aus dem Dialekt des Ried, dessen *Goller* Variante und (ab 1965 wieder zunehmend) der Odenwälder Herkunftsgegenden von Vater und Mutter gesprochen.

In der Schule wird selbstverständlich Hochdeutsch gelernt und auch gesprochen, mit allen dialektalen Melodien, besonderen Ausdrucksweisen und vom *Duden* abweichenden Vokabeln. Unter Freunden, im Fußballverein und auch bei den ersten Discobesuchen dominiert das *Loabsern* der Erbacher, das sich sehr deutlich von den ortsspezifischen Dialekten anderer Gemeinden und Täler unterscheidet.

Er ist bereits Oberstufenschüler, als ihn Mitschüler G. darauf hinweist: Wenn du mit *diesem* Mädchen anbandeln willst, musst du dein *Platt* ablegen und Hochdeutsch sprechen.

Er hat R. gefreit.

IN ERBACH SPRECHE ICH BIS HEUTE MIT ALLEN BEKANNTEN ERBACHER DIALEKT. ABER AUCH – UND DAS IST EINE ABSICHTSVOLLE ANGELEGENHEIT, DIE AUCH IM SCHRIFTLICHEN VERKEHR ÜBER DIE SOGENANNTEN SOZIALEN MEDIEN KULTIVIERT WIRD – MIT LANGJÄHRIGEN BESTEN FREUNDEN UND EINIGEN EHEMALIGEN KLASSEN-KAMERADEN, DIE HEUTE UND SEIT JAHRZEHNTEN IN MEHR ODER MINDER WEIT ENTFERNTEN GEGENDEN ZUHAUSE SIND.

Grün ist das Licht des sich immer wieder weitenden und verengenden Auges. *Beromünster* und *Calais* sind dem Kind unbekannt. Ein *Loewe Opta*. Das Drücken der Tasten – Kurzwelle, Langwelle, Mittelwelle, UKW – beschert gänzlich unterschiedliche Signaltöne, Höhen und Tiefen, Gepiepse und Gekrächze. Auch wenn mit dem Drehknopf die Sender genau getroffen und die Musik oder überhaupt der Ton ins Zimmer geholt werden.

Das Kind ist fasziniert, spielt mit dem Radio, mit der Klaviatur der schwergängigen Tasten, wenn sonst niemand daheim ist.

Für den Schüler gehören der *Frankfurter Wecker* am frühen Morgen und die *Schlagerbörse* am Donnerstagabend zum Pflichtprogramm.

Später kommen AFN, Radio Luxemburg und Radio Caroline hinzu. Deutschlandfunk und Deutschlandsender. Er besitzt ein eigenes Kofferradio.

Als Student stößt er mitten in der Nacht auf merkwürdige Zahlenreihen und codierte, abgehackt vorgetragene Sätze. Eine Zeit lang schreibt er diese mit.

Nach der Lektüre des *Deutschland-Reports* von Bernt Engelmann fragt der Halbwüchsige den Vater, warum *man* nichts gegen die Judenverfolgung getan habe, ja, von dieser angeblich nichts gewusst haben will.

Der Vater antwortet, er habe in der *Reichskristallnacht* gesehen, wie in Höchst Scheiben beschmiert und kurz danach Juden auf einen Lkw verfrachtet worden seien. Mehr sagt er nicht.

Der Fragende ist damit nicht zufrieden.

MIR IST ERST VIEL SPÄTER KLAR GEWORDEN, DASS ICH ALS *SIEBZEHNJÄHRIGER* MEINEN *ZWEIUNDVIERZIG-JÄHRIGEN* VATER ANKLAGEND GEFRAGT HABE, UND ER NICHTS ANDERES TUN KONNTE, ALS VON SEINEN ERLEBNISSEN ALS *ZWÖLFJÄHRIGER* ZU ERZÄHLEN.

Während der Kinderjahre spielen soziale Unterschiede keine Rolle. Nicht für ihn. Die dörfliche Struktur ist übersichtlich. Nur die Extreme ragen heraus, ohne dass das Miteinander oder Freundschaften berührt würden.

Mit zunehmendem Alter und dem Dasein als Gymnasiast bewegt sich der Heranwachsende mehr und mehr auch in anderen Kreisen; in solchen, die sich anders definieren. Unter Söhnen und Töchtern, deren Eltern nicht zu den *kleinen Leuten* gehören.

Die kleinstädtische Mittelschicht ist vielgestaltig. Hausbesitz, Einkommen, Habitus, Vermögen, Interessen, Herkunft, Ansehen, Zugehörigkeiten... bestimmen mit unterschiedlichem Gewicht den Status der Familien.

Oberstudiendirektoren und Amtmänner, Anwälte und Banker, Ärzte und Pfarrer, Apotheker, selbstständige Handwerker, Metzger und Bäcker, Elfenbeinschnitzer und Gärtner, Maurer und Maler, Schneider und Friseure, Steinmetze, Architekten und Lehrer, Ladenbesitzer (Boutique, Möbel, Elektro, Schmuck).

Manche Ehefrauen stammen, wie man weiß, aus ehedem *kleinen Verhältnissen*. Manche, vor allem die aus Bauernfamilien stammenden Frauen haben durch Aussteuer, Erbe, späteren Landverkauf den Wohlstand ihrer erfolgreichen Männer ermöglicht oder gefördert.

Die Mittelschicht ist breit. Der Gräfliche Oberforstdirektor, der Kinderheim-Betreiber und der verarmte Schuster haben wenig gemein.

An einem Sonntagnachmittag fällt der Junge in voller Montur in das kleine Schwimmbecken der Familie H. Das Lachen der anderen Kinder und der eigene Schreck machen ihm kaum etwas aus.

Peinlich werden die zweihundert Meter nach Hause. Patschnass, die Kleidung triefend, vorbei an der sommerlich vollbesetzten Terrasse einer Gastwirtschaft.

Musik hören entspannt den Vater. Wie das Musizieren selbst. Er hört gern Swing, mag *Benny Goodman* und *Duke Ellington*, schwärmt für *James Last*. Auch das flotte *Hazy-Osterwald-Sextett* ist oft in Fernsehshows zu Gast. Das Neujahrskonzert der *Wiener Philharmoniker* ist ihm heilig.

Der Vater ist tolerant. Mit den musikalischen Vorlieben des halbwüchsigen Sohnes, der aufkommenden Beatmusik, ihren anfänglich sehr ordentlichen Auftritten, kann er sich anfreunden. Den *Beatclub* scheut der Vater nicht.

Doch je länger die Haare, je unkonventioneller die Kleidung und je lauter und schriller die Bühnenauftritte, desto mehr wird gestritten.

Die *Small Faces* werden noch akzeptiert, die *Pretty Things* schon nicht mehr.

Go-Go-Girls gibt es mittlerweile auch in Schlagersendungen. *Hippie*s werden belächelt. *Gammler* werden beschimpft.

Rund um *Woodstock* fallen böse Worte.

Café Heilmann. Die Mutter erzählt von Bekannten, die regelmäßig nachmittags im Café sitzen, bei Kuchen oder Torte. Sie verbindet ihren Wunsch, dies *auch einmal* tun zu können, mit spitzen Bemerkungen. Manche Café-Besucherin könne sich das doch eigentlich gar nicht leisten, eine andere nähme es auch in anderen Dingen nicht so genau.

Ihr Sohn, der sie mit wohlfeilen Worten bestärkt, sich Nachmittage im Café Heilmann zu gönnen, weiß: Würde sie ihrem geheimen Wunsch Folge leisten, wäre sie beschämt – wegen der dann ihr geltenden spitzen Bemerkungen aus dem Bekanntenkreis.

MEINE MUTTER WAR IN IHREM LEBEN – UND DAS DÜRFTE EINER DER DAUERHAFT TRENNENDEN UNTERSCHIEDE ZU MEINEM VATER GEWESEN SEIN – NIE GENUSSFÄHIG. PROTESTANTISMUS BIS IN DIE KLEINSTE REGUNG.

Holland als das gerade Gegenteil des deutschen Miefs. Eine Fahrt mit der Auswahlmannschaft des Kreises nach Oostzaan, nahe Amsterdam. Überwältigende Eindrücke für den Sechzehnjährigen.

Nur Rasenplätze. Große vorhanglose Wohnzimmerfenster, die nichts verbergen. Joghurt aus Halbliterflaschen. Zaandvoort, Zaandam, Keukenhof und Amsterdam. Langhaarige, Musik und Rotlichtviertel.

Zufälliger Privatbesuch bei *Ajax*-Spieler Piet Keizer; zum ersten Mal ein Mehrfamilienhaus betreten, bei dem man über Laubengänge zu den Wohnungen gelangt. Die Lockerheit in den Gastfamilien. Die selbstbewussten Mädchen. Disco. Knutscherei auf der Sportplatztribüne. Bier in ungewohnt kleinen Flaschen. *Heineken* kann nicht mit *Erbacher* mithalten. Betrunken wird man davon trotzdem. Auch vor entscheidenden Spielen.

Die A-Jugend und die B-Jugend gewinnen die Turniere des FC Amsterdam.

Man habe sich vorbildlich benommen, heißt es Tage später in der *Odenwälder Heimatzeitung*.

Er tut es, gehorsam und der verzweifelten Mutter zuliebe. Ihm ist nicht wohl dabei, er hat nur eine ihren bloßen Worten vertrauende Ahnung. Er weiß von den Schlägen.

Die Mutter beauftragt den Schuljungen, in der Kantstraße an einer Haustür zu klingeln und der öffnenden Frau zu sagen, sie möge die Finger von seinem Vater lassen.

Er überhört die Antwort der Frau.

Er hört nur das schreiende Weinen der Mutter, als der Vater beim nächsten Mal von seiner Geliebten heimkommt.

ERST BEIM NIEDERSCHREIBEN DIESES ERLEBNISSES FÄLLT MIR AUF, DASS MEINE MUTTER MIT DEM WUNSCH (DER BITTE?), DIE JUNGE FRAU MÖGE DIE FINGER VON MEINEM VATER LASSEN, DIE SCHULDFRAGE ZUM VORTEIL MEINES VATERS BEANTWORTET HAT.

Reval, Roth-Händle, Gauloises, Gitanes, Gitanes Maïs. Bier, Jägermeister, Cinzano (rot), Asbach Cola, Persiko. Zwischen dem sechzehnten und achtzehnten Geburtstag.

Märklin. Die Eisenbahnanlage ist für einige Jahre sein Lieblingsspielzeug, neben der Dampfmaschine, die schon dem Vater gehört hat. Auch andere Kinder spielen gern mit der Eisenbahn, besuchen ihn. Sogar Mädchen, wie H., die Freundin der Schwester.

Berge und Bahnhöfe, Signale, Tunnel und Brücken, Abstellgleise mit Prellbock. Unzählige Stunden Bastelarbeit des Vaters. Zwei Tachos lassen es zu, den langen Güterzug (Kohle, Esso, Holz, Bananen usw.) mit der roten V 200 und den dunkelgrünen Bummelzug mit der kleinen Dampflok gleichzeitig fahren zu lassen. Acht elektrische und viele Handweichen.

Zu Weihnachten darf sich der Junge etwas wünschen, um die Anlage zu erweitern. Der Besuch bei *Faix* in Darmstadt gehört zum Schönsten in der Adventszeit.

Diese Einkäufe und das Wiedererkennen der Winterstiefel von Herrn H., der als Nikolaus verkleidet polternd vor der Wohnungstür steht, lassen den Jungen sehr früh den Glauben an Weihnachtsmann und Christkind verlieren.

Heiligabend. *Peterchens Mondfahrt* mit dem dicken Maikäfer Sumsemann, die große Puddingform in Gestalt eines Fischs, *Sport-Spiel-*

Spannung, das helle Klingeln der Glocke, das Licht der Kerzen auf dem Baum. Die Eisenbahn sowie der Kaufladen der Schwester. Auf dem Kanonenofen im Kinderzimmer werden in klitzekleinem blechernen Puppenstubengeschirr Mini-Portionen Nudeln oder Reis gekocht.

Der Junge schnuppert am wattigen Rauschebart einer Nikolausfigur. Er fantasiert und stellt sich vor, genau so müsse das Schamhaar von Frau S. riechen, in deren Küche die Holzfigur steht.

Kritzelei auf dem Asphalt der Bahnhofsallee. Ein großer Kreis. Eine Linie, die den Kreis exakt teilt. Ein dicker Punkt in der Mitte der Linie. Das weibliche Geschlecht könnte so aussehen.

Samstags gibt es nur einen großen Topf Suppe. Bohnensuppe, Erbsensuppe, Reis- oder Nudelsuppe, Brotsuppe, Grießsuppe. Der Junge isst am liebsten Erbswurstsuppe und Milchsuppe. Die Gemüsesuppe *Quer-durch-den-Garten* mag er überhaupt nicht.

Montags kommen Reste vom Sonntag auf den Tisch, meistens übrig gebliebene Soße, in die Brot getunkt wird.

Am Sonntag kocht oft der Vater. Bevorzugt Braten und unzählige Klöße. Die Küche ist dann für die anderen Familienmitglieder Sperrzone.

Der Junge lernt vom Vater nicht das Kochen, aber er sieht, dass auch Männer kochen können.

IM ÜBERSCHWANG HATTE ICH MEINE FREUNDE AUS BESANÇON ZUM MITTAGESSEN EINGELADEN, SAMSTAGS! DIE ENTTÄUSCHUNG WAR AUF IHRER SEITE, DIE SCHAM AUF MEINER. MEINE MUTTER STAND BEIDEM AHNUNGSLOS GEGENÜBER.

Trophäen. Wenn Mädchen ein Halstuch tragen, regt sich beim Freund unverhohlen Besitzerstolz, denn meistens verdeckt das Tuch einen *Knutschfleck*, der mehr beweist als Worte.

In den ersten Tagen an der Universität lernt der Soziologiestudent mehr Leute kennen als in den neunzehn Jahren zuvor. Das Betreten einer neuen, anderen Welt bedeutet auch, an ein und demselben Ort – vor dem Unisekretariat, in der Mensa, im Studentendorf – vielen Afrikanern und US-Amerikanern, Kommilitonen im Rollstuhl und Blinden zu begegnen. Marburg ist auch in dieser Hinsicht eine Besonderheit.

In der Idylle des Lahntals weitet sich schlagartig der Horizont.

Als der große Streit ausbricht, schreit die Großmutter dem Halbwüchsigen hinterher, seine Mutter trage ein künstliches Gebiss. Er ist schockiert, glaubt es nicht, hält es für ein bloßes Schlechtmachen-Wollen, für einen groben, haltlosen Ausdruck der Verachtung. Ein Keil soll zwischen den geliebten Enkel und die ungeliebte Schwiegertochter getrieben werden.

Die nachgeschobene Begründung für den vermeintlichen Makel erschüttert ihn noch mehr: Seine Mutter habe ihre Zähne bei seiner Geburt verloren.

Scham und Schuld.

DASS ICH ES IN DEN FOLGENDEN GUT FÜNFZIG JAHREN NICHT VERMOCHT HABE, MEINE MUTTER NACH DEM WAHRHEITSGEHALT DER HASSTIRADE ZU FRAGEN, SAGT VIEL ÜBER DIE SPRACHLOSIGKEIT IN UNSERER FAMILIE AUS.

ERST KURZ VOR IHREM TOD SAH ICH MIT EIGENEN AUGEN, DASS MEINE NEUNZIGJÄHRIGE MUTTER EINE ZAHNPROTHESE TRUG.

Fern des heimischen Küchentischs, in anderen Haushalten: Das Zerdrücken von Kartoffeln mit der Gabel, das Balancieren der Erbsen, Spargel als kalte Vorspeise, das Schälen von Pfirsichen, Tee aus Gläsern, Servietten.

Zuhause wird Salat immer aus der gemeinsamen Schüssel gegessen. Suppe wird im Kochtopf serviert. Knochen werden abgenagt. Brot wird getunkt, und mit Brotstücken werden die Soßenreste vom Teller aufgenommen.

Der Vater hat kräftige Hände, die zupacken, schlagen, festhalten und streicheln. Er ist überhaupt ein tatkräftiger Mann mit sportlicher Statur.

Der fünfzehnjährige Junge nimmt beim Vater eines Freunds erstmals wahr, dass Männer auch kleine und zarte Hände haben können. Bleich, unbehaart. Die Adern sind zu sehen. Bei der Begrüßung und beim Abschied hat der Heranwachsende den Eindruck, die Hand einer feinen älteren Dame zu drücken. Er kann sich nicht vorstellen, dass diese Hände jemals einen Hammer, eine Sense oder eine Säge umfasst, Steine geschleppt oder in der Erde gewühlt haben.

Der Vater des Schulkameraden ist Bankdirektor in Frankfurt. Bestrafungen müssen hier wohl anders verlaufen als zuhause.

FÜNFZIG JAHRE SPÄTER ERFAHRE ICH, DASS HERR W. DURCHAUS ZUSCHLAGEN KONNTE, DABEI ABER NICHT NUR SEINEM SOHN, SONDERN DES ÖFTEREN STELLVERTRETEND AUCH DESSEN COUSIN EINE ABREIBUNG VERPASSTE.

Die Mutter hat raue Hände und rissige Fingerkuppen, die heftige Schmerzen verursachen. Gartenarbeit, Küche, das Putzwasser im Eimer und die Kochwäsche im Kessel. An manchen Tagen tut ihr jeder Handgriff, jede Berührung weh. *Atrix Kamille* Handcreme. Der Junge hilft ihr beim Einschmieren der Finger.

BEI KEINER ANDEREN FRAU – AUCH NICHT BEI DEN IN DER FABRIK ODER AUF DEM FELD ARBEITENDEN TANTEN – HABE ICH JEMALS SOLCHE RISSIGEN UND RAUEN FINGERSPITZTEN GESEHEN.

Trichterbrust, auch *Hühnerbrust* genannt. Der Junge leidet darunter, vor allem in dem Alter, in dem die Sommermonate vorzugsweise Schwimmbadmonate sind. Er verschränkt oft einen oder gar beide Arme vor dem Oberkörper, schämt sich dieses Makels.

Als Kind hat der Junge regelmäßig Bronchitis. Der brennende Husten schmerzt. Das abendliche Eincremen der Brust mit *Wick Vaporub* und die Tasse heiße Milch mit Honig sind eine Wohltat.

Besançon, St. Gallen, Amsterdam, Luxemburg, Cassis, Marseille, Prag, Bratislava, Wien, Paris, Uljanowsk, Moskau, Biarritz, London, Sevenoaks, Brighton, Brüssel. Zwischen 1966 und 1971 öffnen sich – teils unbemerkt, teils überwältigend – weite, bis dahin ungeahnte Horizonte.

Der Vater erzählt nicht nur kaum etwas von seinen Kriegserlebnissen, sondern auch wenig über die unmittelbaren Nachkriegsjahre. Zu dem Wenigen gehört eine Veranstaltung der Kommunisten im Sportpark.

Die Redner sind Fremde und kommen aus Darmstadt oder gar dem Frankfurter Raum. Der Zwanzigjährige hat die Schnauze voll vom Krieg, von den Nazis, von allen „da oben". Aus der Rede eines der angereisten Funktionäre setzt sich in seinem Kopf nur ein Satz auf ewig fest – sinngemäß: *„Jetzt sind wir dran!"* Eine Aussage, die den jungen Mann, der den Krieg, alle Befehle, die Nazis, „die da oben" satthat, für immer abstößt.

IM ERBACHER DIALEKT KLINGT DIE VON MEINEM VATER WIEDERGEGEBENE AUSSAGE DES KPD-FUNKTIONÄRS NOCH HÄRTER, SELBSTGEWISSER, UNVERRÜCKBARER, ANMAßENDER: *JETZERD SINN MIR DRO!*

Latwersche. Der von einer besonderen Gewürzemischung herrührende Geschmack der hausgemachten regionalen Pflaumenmarmelade wird ihn sein Leben lang nicht loslassen.

NICHTS ANDERES (AUßER KOCHKÄS') STEHT IN MEINEN AUGEN FÜR ODENWÄLDER LECKEREIEN SO SEHR WIE DIE LATWERSCHE.

ÜBER DIE HERKUNFT DES WORTES GIBT ES EINE VARIANTENREICH ERZÄHLTE LEGENDE, DIE AUF DIE NAPOLEONISCHEN TRUPPEN UND DAS FRANZÖSISCHE *LA VIERGE* (JUNGFRAU) ZURÜCKGEHT.

IN DEN 1990ER JAHREN HABE ICH MICH – ALS REDAKTEUR DER *LEBENSMITTEL ZEITUNG* – AUF EINER MESSE IN AMSTERDAM MIT EINEM THÜRINGER PFLAUMENMUS-HERSTELLER ÜBER DIE GEHEIMNISSE BEIDER REGIONALER BROTAUFSTRICHE UNTERHALTEN. EIN UNVERGESSENER DISPUT.

Eine lange Zugfahrt von Berlin nach Moskau. 1971. Er wird von einer wenige Jahre älteren Bonner Genossin, schon im SDS dabei, nicht einfach vernascht, sondern gefressen.

Ihr reicht das.

Zwei Tage später, die Gruppe ist an ihrem Ziel Uljanowsk angekommen, schreit er am Wolgaufer ihren Namen in die Nacht.

Jeden Samstag werden von der Mutter mehrere Kuchen gebacken, in der Mitte der Woche kommt ein (meist trockener, unbelegter) Mittwochskuchen hinzu.

Der Junge mag noch als Jugendlicher am liebsten Hefekuchen mit Heidelbeeren und Pflaumen, vom großen Blech auch Zimtkuchen oder Streusel. Sonntags ist Marmorkuchen der Favorit. An Geburtstagen und anderen Feiertagen wünscht er sich einen *Frankfurter Kranz*. Dieser Wunsch wird immer erfüllt.

Das weihnachtliche Plätzchenbacken ist allein der Mutter vorbehalten. Ihr leicht bräunliches, mit Eigelb bestrichenes Buttergebäck mag der Junge am liebsten. Er isst keine Plätzchen von Verwandten oder Bekannten. Die Ausnahme: *Kalte Hunde* einer Tante.

In der Fastnachtszeit backt die Mutter *Kreppel* aus. Das heiße Fett ist im ganzen Haus zu riechen.

Die Erbacher Großeltern schlafen in getrennten Betten. In seinen Ferien teilt das Schulkind das Bett meistens mit seiner sehr rundlichen Oma. Sie zwängt ihn an die Wand. Ihre schweren Arme sind warm.

Ihr offenes Haar reicht bis zum Hintern. Die riesigen, ausgeleierten Hüftgürtel und Strumpfhalter faszinieren ihn und stoßen ihn ab.

Der emaillierte weiße Nachttopf mit blauem Rand steht unter dem Bett und wird benutzt. Eine Waschgarnitur, Schüssel und Krug, steht auf der Kommode. Das Kind macht seine morgendliche Katzenwäsche lieber am Spülstein in der Küche.

Während seiner Erbacher Ferien-wochen verbringt der Junge manchmal einige Tage in einem nahen Dorf. Er übernachtet bei Tante S., die keine richtige Tante, sondern die Mutter seines Onkels A. ist.

Der Mann von Tante S. ist seit dem Krieg tot. Der Junge schläft in Langen-Brombach im Ehebett, auf der Seite des *gefallenen* Soldaten. Vor dem Einschlafen blättert der Junge gern in zwei dicken, reich bebilderten Büchern. Sie handeln von *heldenhaften Kämpfen* um die Krim, wo der Mann von Tante S. geblieben ist. Kertsch und Sewastopol.

Tante S. hat ein großes Erdbeerfeld und backt den besten Heidelbeerkuchen.

In einer nahen Ferienpension – die etwa gleichaltrige Tochter der Wirtsleute ist für einige Tage seine Spielkameradin – darf der Junge einmal Gästen den Nachmittagskaffee servieren. Er kleckert und schämt sich.

Abends darf er beim nahen Bauern, der auch Bürgermeister ist, eine große Kanne Milch holen. Er sieht beim Melken zu und wartet bis die frische Milch aus den Eimern über ein kaltes Waschbrett gelaufen ist und in riesige mattsilberne Kannen gefüllt und von der Zeller Molkerei abgeholt wird.

Der Vater kann alles und macht alles. Er ist geschickt und ehrgeizig. Der Junge ist sehr gescheit, hat aber zwei linke Hände. So wird überall erzählt.

Als er in dem Alter ist, um *richtig* mit anpacken zu können, muss er helfen. Er bemüht sich, gibt keine Widerworte, strengt sich an. Doch seine Gedanken sind immer irgendwo anders, nicht bei der Arbeit. Nicht beim gleichmäßigen Ziehen der *Schwedensäge*, nicht beim mühsamen Pflücken der Beeren, nicht beim Gegenhalten der Muttern oder dem Einschlagen langer Zimmermannsnägel.

Er geht von Kindesbeinen an gern einkaufen, und er putzt samstags – auf der Vortreppe sitzend – eifrig sämtliche Schuhe der Familie. Er quält sich beim Schleppen von T-Steinen und beim Betonieren des Hofs.

Er hilft gern beim Honig schleudern, hackt Feuerholz. Das Heu zu wenden, allein auf der großen Wiese und mit nacktem Oberkörper, macht ihn erwachsener. Ärgerlich ist nur das Toben im Schwimmbad, das über das Tal hinweg bis zum Schöllenberg zu hören ist.

Gerüche. Das Ferienkind wird von der Werkstatt der Elfenbeinschnitzer, die sich ein paar Häuser weiter befindet, magisch angezogen. Das Knochenmehl riecht einzigartig, leicht verbrannt.

Dann der Geruch von Treber, der an der Brauerei von Bauern abgeholt wird. Das nasse Gemisch, als Tierfutter begehrt, schießt durch ein Fallrohr auf Hänger. Pfützen bleiben.

Der als Schuppen für die Fahrräder genutzte ehemalige Ziegenstall riecht noch ein gutes Jahrzehnt nach seiner vormaligen Bestimmung.

Schließlich der betörende, schwere, wilde Gedanken provozierende Duft im Haus von Madame B. – Lilien.

Die Mutter, gelernte Schneiderin, näht viel. Mäntel und Hosen, Blusen und Röcke, Westen und Jacken. Die Kinder sind immer *anständig* angezogen. Erst als die Schnitte und Farben nicht mehr gefallen, stellt sie das Schneidern ein. Sie flickt und stopft nur noch. Dann entdeckt sie das Stricken und strickt. Vorzugsweise Schals, Mützen und Socken.

Ein Nachbar ist als Kommunist bekannt. Kontrollgänger der Krankenkasse, eher unfreundlich zu den auf der gegenüberliegenden Wiese spielenden Kindern. Der Junge hat bei ihm, den man wegen seiner an einen Raubvogel erinnernden Gesichtszüge *Weih'* nennt, einen Stein im Brett. Der alte Mann lobt das Kind wegen seiner Hilfsbereitschaft und Fußballkünste.

Mit dem dann Halbwüchsigen streitet er sich einige Jahre später über den Ussuri-Konflikt, die Kommunistischen Parteien Chinas und der Sowjetunion.

HERR K. WAR DER ERSTE LEIBHAFTIGE KOMMUNIST, DEN ICH KENNENGELERNT HABE. UND SEINE FRAU A., DIE UNTER DEN NACHBARN ALS NOCH KLÜGER GALT, WAR DIE ERSTE KOMMUNISTIN.

ÜBER ANDERE EHEMALIGE UND NOCH-KOMMUNISTEN ERFUHR ICH EIN WENIG QUASI NEBENBEI VON EINEM GEWERKSCHAFTSFUNKTIONÄR, DEN ICH FÜR EINE SOZIALKUNDE-HAUSARBEIT INTERVIEWT HATTE. THEMA: DIE NOTSTANDSGESETZE.

Stolz. Der Junge erkennt in den Dörfern und an Bäumen, die die Landstraßen des Rieds säumen, Plakate, die auf den *Wiesenmarkt* hinweisen. Er sieht sie von weitem: Den Mann in traditioneller Tracht und den Dreispitz auf dem Kopf, daneben die etwas kleinere Frau mit weißer Haube. Die wichtigsten Programmpunkte *dieses größten Volksfestes in Südhessen* sind aufgeführt: Feuerwerke, Reitturnier, Umzüge, Fußball, Handball, Boxen, Galopprennen, Bockbierfest.

Er wird auch dieses Jahr wieder dort sein, auf dem Festgelände am Sportpark, schon vor dem Aufbau der Fahrbetriebe und Buden und auch noch nach deren Abbau. Er wird K. und seinen anderen Freunden zuhause davon erzählen. Sie werden neidisch sein.

Das Darmstädter *Heinerfest* und das *Fischerfest* in Gernsheim können mit dem *Eulbacher Markt*, heute *Erbacher Wiesenmarkt* genannt, nicht mithalten. Die *Kerwe* oder *Kerb* in Goddelau und die in den Nachbardörfern sowieso nicht.

Vier Jahre nach dem Umzug nach Erbach – der Vater übernahm das Haus von den Großeltern und zahlte diese und seine Schwestern mit jeweils 2.250 Mark aus – sind Anbau, Umbau und kleinere Arbeiten abgeschlossen.

Der Hof und der seitliche Aufgang sind nun betoniert, das bald fünfzig Jahren dort liegende Kopfsteinpflaster ist verschwunden. Das große Hoftor wird entfernt, weil auch der alte Gartenzaun entlang der Straße wegfällt. Die Stadt Erbach verbreitert die schmale Straße, der Autoverkehr nimmt auch in diesem Viertel allmählich zu, Abwasserkanäle werden verlegt. Aus der straßenseitig höher gelegenen Wiese wird ein abfallender Vorgarten, *Steingarten* genannt.

Auf der zum Schöllenberg weisenden Seite des Hanggrundstücks wird ein verlotterter Hühnerhof aufgegeben, ein kleiner Schuppen mit *Donnerbalken* wird abgerissen. Reste des Mauerwerks werden verputzt, dunkelrosa gestrichen und grenzen von nun an den Hof und den großen Garten voneinander ab. Eine neue (teure) Sickergrube wird gesetzt und bald wieder stillgelegt, weil das Grundstück wie andere in der Straße an die neue Kanalisation angeschlossen wird.

Die Mutter macht aus den ungepflegten Außenflächen einen großen Nutzgarten. Kartoffeln, Bohnen, Erbsen, Karotten, später auch Zucchini. Viele heimische Kräuter, Radieschen, Zwiebeln. Kopfsalat. Erdbeeren, drei Sorten Johannisbeeren, Stachelbeeren, zwei üppige Reihen Himbeeren. Pflaumen, Mirabellen, Äpfel, Kirschen.

Ein zweistöckiger Hasenkasten beherbergt vier Tiere; die Kinder sind für das Füttern verantwortlich. Einmal im Jahr hängen zwei Tiere kopfüber an einem Haken an der Wäscheleine, das Fell bereits abgezogen.

Eine Sitzecke hinter dem Schuppen, ebenfalls restliches Mauerwerk, ebenfalls verputzt und gestrichen, verschönert durch Sonnen-blumenmotive, symbolisiert den Freizeit- und Erholungswert des Gartens mit freiem Blick über Wiesen bis zum rund fünfhundert Meter entfernten Waldrand.

Die beiden Nachbargrundstücke, jeweils ungenutzte Wiesen, werden bebaut. Einige Jahre später ist auch der Blick zum Wald völlig verstellt. Auf dem Schöllenberg entsteht ein neues Wohnviertel.

Das langjährige Feriendomizil des Jungen verschwindet mit all seinen dunklen Ecken und nie offenbarten Geheimnissen.

Den Stolz des Vaters auf Neu- und Umbauten teilt der Halbwüchsige nicht. Über das Ersetzen der alten Haustür (mit Milchglasfenster) durch eine neue, schwere Glasbautür gibt es Streit zwischen dem rackernden und zahlenden Vater und dem nichtsnutzigen bockigen Sohn.

Der Ausbau des neuen Kellers zum *Partykeller* scheitert irgendwann am fehlenden Geld. Im Winter einige Pflanzen, ganzjährig Fahrräder und Gießkannen, mehr und mehr aussortiertes Gerümpel. Mit der Zeit festgetretener Lehmboden. Ein weiterer geplatzter Traum.

Der Bruch: Der nun kommunistische Sohn sagt, er habe nichts dagegen, wenn das Haus irgendwann zu einem *FDJ*-Ferienheim umgewidmet würde.

Die Mutter leidet. Sie übernimmt in der Familie die Rolle der Ewigunzufriedenen, der immer meckernden und hilflos schimpfenden Schwachen. Selbst die beiden älteren Kinder machen sich über sie lustig.

Es kommt eine Zeit, in der sich die von morgens bis abends emsige Mutter plötzlich am helllichten Tag *hinlegen* muss.

Mit Seckmauern, dem Heimatort der Mutter, wo er nur Tage, niemals Wochen verbringt, verbindet der Junge zwei Kurzferienerlebnisse, die ihre Spuren hinterlassen.

Er tobt mit anderen Kindern auf einer Wiese unterhalb des sogenannten Waldhauses, einem ortsnahen Ausflugsziel. Der Junge fällt in eine Hecke, durch die ein Stacheldraht gezogen ist. Seine Oberschenkel bluten stark, was mit Jod behandelt wird und deshalb bald vergeht. Die Narbenlinien sind besonders in den Sommermonaten noch zwei, drei Jahrzehnte gut zu erkennen.

Er spielt mit seinem Cousin W. am Bach, im Dialekt des Dorfes: *die Besch*, rutscht aus, stützt sich an einem klitschigen Stein ab. Er hat höllische Schmerzen. Erst zwei Tage später wird vom Bahnarzt in Darmstadt diagnostiziert: Bruch im Ellenbogengelenk. Den linken Arm kann der Junge sein Leben lang nur noch eingeschränkt strecken – was ihn dann auch vor der Bundeswehr bewahren wird. *Ersatzreserve II.*

Ihn fasziniert in den Zeitungen und Illustrierten die grafische Darstellung von Fluchtwegen, Verfolgungsjagden, Tatorten, Fahndungserfolgen. Das Aufspüren Eichmanns durch den israelischen Geheimdienst in Buenos Aires und – fast ein Jahrzehnt später – die sogenannten Soldatenmorde im pfälzischen Lebach verfolgt er mittels Grafiken im *stern*.

Fußballweltmeisterschaften. Von 1954 wird dem Kind erzählt, der Vater sei mit einem Freund auf einem Motorrad in die Schweiz gefahren, zu einem Gruppenspiel. Die WM 1958 verfolgt der Junge in der Zeitung: die Niederlage gegen Schweden, den Platzverweis von Juskowiak. 1962 im fernen Chile: Abends und nachts presst er das Transistorradio ans Ohr, unter der Bettdecke, um die Schwester nicht zu wecken. 1966: In Gesellschaft alter Männer verfolgt der Junge die WM in einer Wirtschaft des Viertels. Die WM 1970 in Mexiko: Hitze und Spiele für die Ewigkeit: gegen England, Italien und Uruguay. Dazu die mündlichen Abiturprüfungen.

Die Mutter schreibt selten. Für den Jungen schreibt sie bei zwei Gelegenheiten. Sie schreibt die Einkaufszettel. Und sie schreibt für ihn in die Poesiealben der Mädchen.

Sie unterschreibt nie eine Entschuldigung wegen Krankheit, keine Klassenarbeit, kein Zeugnis.

Opa G., der Brauereifahrer, trägt immer schwere, knöchelhohe Arbeitsschuhe, schwarz, darunter graue Wollsocken. Freitags sitzt er nach Feierabend auf einem Hocker in der Küche, am Spülstein. Die Socken werden mühsam abgestreift, die nackten Füße nacheinander in eine am Boden stehende Schüssel gestellt. Mit einem kleinen Messer wird danach Hornhaut entfernt.

Der Junge hat zuvor noch nie solch weiße Füße gesehen. Er rätselt, wann die Füße seines Großvaters zum letzten Mal einen Sonnenstrahl abbekommen haben. Er traut sich nicht zu fragen.

Die ersten absichtsvollen Berührungen müssen zufällig scheinen. Die günstigste Gelegenheit in den Sommermonaten: das Auftauchen und das Toben am Rand des Schwimmerbeckens. Wahllos. Beim Herumalbern auf der Liegewiese und bei den zaghaften Annäherungen auf den eng nebeneinander liegenden *Koldern* sind die Absichten und die Wunschfreundinnen schon leichter auszumachen.

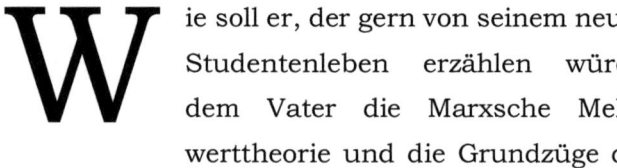

Wie soll er, der gern von seinem neuen Studentenleben erzählen würde, dem Vater die Marxsche Mehrwerttheorie und die Grundzüge des Historischen Materialismus erklären?

Der Dialekt stößt an Grenzen.

Wenn es im Durcheinander von Dialekt, Umgangssprache und akademischem Duktus lauter wird, ruft die Mutter aus der Küche. Man solle nicht wieder über Politik streiten. Außerdem stehe das Sonntagsessen auf dem Tisch.

Die gleichlautende Antwort von Vater und Sohn: *Wir streiten nicht.*

Was wäre, wenn? Der Junge fragt sich, wo er heute leben würde. Wer er selbst wäre. Welchen Beruf sein Vater haben würde und ob seine Mutter glücklicher wäre. Hätte er Geschwister?

Der Vater hat nachgeforscht. Im April 1830 bzw. am 8. März 1832 werden die Ururgroßeltern des Jungen geboren; sie heiraten im Sommer 1857. Aus der Ehe resultieren neun Kinder, von denen fünf (vier Mädchen, ein Junge) nach Amerika auswandern. Ein fünftes Mädchen (geboren 1869 als jüngste Tochter und siebtes Kind) bleibt im Odenwald – die Urgroßmutter des Jungen.

Was wäre, wenn, fragt sich der Junge.

Die vier Schwestern der Urgroßmutter heiraten in den USA deutsche Auswanderer (Bruderpaare?), Krebs aus Karlsruhe und Bausback aus Walldürn. Von einer der ausgewanderten Spatz-Schwestern – M., schon eine alte Frau – gibt es eine Fotografie, aufgenommen in den 1920er oder 1930er Jahren vor dem familieneigenen Hotel der Bausbacks in Ridgefield Park, New Jersey.

Der Vater rackert und redet sich in Rage. Der Hof und die Aufgänge am Haus und Schuppen werden betoniert.

Das Grundstück liegt am Hang, der halbwüchsige Junge quält sich beim Schieben der Schubkarre.

Das Großmaul Hitler habe versprochen, nur zehn Jahre zu benötigen… Er, der Vater, schaffe es in kürzerer Zeit.

Der Junge findet keine Antwort auf diesen wütenden, selbstgewissen, unbeirrten, nichts anderes gelten lassenden Satz.

Seine neuen Freunde aus Besançon sind nach Erbach gekommen. Er begrüßt sie am Haupteingang zum Wiesenmarktgelände... mit dreifachem Wangenkuss, wie in Frankreich üblich.

Manche Passanten bleiben stehen. Bekannte fragen ihn, ob er *jetzt schwul* sei.

Für kurze Zeit kreuzen sich im Bücherregal die Wege von Vater und Sohn. Henry Miller und seine *Stillen Tage in Clichy*, *Der Wendekreis des Krebses*, *Der Wendekreis des Steinbocks*, *Nexus*, *Sexus*. Reich bebilderte Sachbücher: *Die Orientalin*, *Die Amerikanerin*, *Die Französin*.

Freizügige Romanliteratur aus Schweden stößt auf eine hungrige Leserschaft. Der Vater gehört dazu. Briefpost aus Dänemark, in neutralen DIN-A4-Umschlägen, findet sich regelmäßig im Briefkasten.

Bummskopp und *Willi Wacker*. Der Junge liebt die beiden Zeichenstrips in der Lokalzeitung. Der amerikanische Angestelltentyp mit schütterem Haar (und einer selbstbewussten Ehefrau) und der englische Arbeiter (immer mit Schiebermütze und einer Kippe zwischen den Lippen, dazu die nudelholzschwingende Frau).

EINE ERSTE UNTERHALTSAME EINFÜHRUNG IN SOZIALE DIFFERENZIERUNG, HABITUS UND LEBENSWEISE.

BEIDE MÄNNER WAREN EIGENTLICH VERLIERERTYPEN, DER EINE KONNTE NICHT ANDERS, DER ANDERE WOLLTE NICHTS ANDERES.

Mit dem Beginn des Studiums ändern sich auch Gewohnheiten. Neue Umgebungen und neue Gelegenheiten schaffen neue Interessen und Vorlieben. Schleichend ändert sich das eigene Leben.

Der Erstsemesterstudent entdeckt in der Universitätsstadt ausländische, ihm bis dahin unbekannte Küche. In dieser Reihenfolge: Den Jugo in der Marktgasse, den Italiener im Wehrdaer Weg, den Griechen am Bahnhof.

DIE ERSTEN REISEN IN DIE HEIMATLÄNDER DER KÖCHE UND WIRTINNEN FOLGEN IN GROßEN ABSTÄNDEN: NACH JUGOSLAWIEN 1972/73, NACH GRIECHENLAND 1978/79, NACH ITALIEN 1982.

FRANKREICH WAR SCHON DAMALS MEIN BEVORZUGTES REISEZIEL. DOCH EIN FRANZÖSISCHES RESTAURANT (BZW. EIN RESTAURANT MIT ECHTER UND GUTER FRANZÖSISCHER KÜCHE) HABE ICH HIERZULANDE ERST 1978 ODER 1979 IN MAINZ BESUCHT, IN DEN NEUNZIGERN IN FRANKFURT, VOR WENIGEN JAHREN IN WIESBADEN.

Frau H., Biologielehrerin, etwa fünfunddreißig Jahre alt, stellt die Jungs in ihrer Quinta und Quarta vor die Alternative: *Eintrag oder Ohrfeige?* Die meisten Deliquenten entscheiden sich natürlich für die Ohrfeige, auch wenn diese besonders schmerzt, da Frau H. einen Ring trägt.

Er hat vielen Kommilitonen eines voraus, um das einige ihn regelrecht beneiden: das Alter seines Vaters. Während der Drei-Sterne-General bereits sechzig ist, der Oberstudienrat und der Schustermeister weit über fünfzig sind und der Strumpffabrikant in diesem Jahr seinen Fünfzigsten gefeiert hat, ist sein Vater gerade einmal fünfundvierzig Jahre alt.

Buchmesse. Die Leseratte schwänzt die Schule und fährt mit dem frühen Eilzug nach Frankfurt. Kurz nach neun Uhr schlägt sich der Primaner durch die Pendlermassen im Hauptbahnhof.

Der Fußweg zur Messe ist ihm bekannt, schließlich führt er an der DB-Direktion und damit an der dortigen Personalkantine vorbei, wo der siebzehn-, achtzehnjährige Eisenbahnersohn für billiges Geld zu Mittag essen wird.

Die Menschenschlangen am Haupteingang weisen ihm den Weg. Ihn zieht es in die Hallen, zu den Büchern, zu den Verlagsständen, um die er dann herumschleicht. Er nimmt große Tüten an, und packt diese voll mit Prospekten, Katalogen, Handzetteln. Nach einer Stunde sind die beiden Tüten bis oben hin voll.

An einem Messestand ist noch mehr Trubel als an den anderen. Polizeiuniformen sind zu erkennen. Viele Besucher stehen nicht, sondern sitzen auf dem Boden. Der Schüler erlebt sein erstes *Sit-in* und setzt sich dazu. Seine Tüten stören. Er stellt sie hinter eine Standwand (und wird sie später vergessen). Ein Langhaariger spricht durch ein Megaphon. Was er sagt, ist schwer zu verstehen.

Ein eher unscheinbarer, bleich und müde aussehender Mann ergreift das Wort. Er redet und redet. Gut zu verstehen, doch der Odenwälder Oberschüler muss genau zuhören, um alles zu begreifen. Jedes zweite Wort ist neu für ihn. Er staunt und bewundert den Redner, dessen Sätze ohne ein Zögern oder Stolpern auskommen. Ein sehr ernster Mann, der ihn an die Heidelberger *Marat*-Aufführung erinnert.

Der faszinierte Buchmessebesucher ist gebannt und zündet sich jetzt ebenfalls eine Zigarette an. Er skandiert ihm fremde Worte.

Am nächsten Tag wird er in der Schule erzählen können, dass er bei dem großen *Sit-in* mit Hans-Jürgen Krahl nicht nur einfach dabei, sondern Teil dieser aufsehenerregenden Aktion war.

Mit dem Schleifen des Dialekts gehen Ausdrucksmöglichkeiten für Sinnliches verloren. Für bestimmte Geräusche, Gerüche, Gefühle, Stimmungen gibt es im Hochdeutschen vielleicht Be- und Umschreibungen, aber kein allessagendes Wort.

Olwel, Schinnos, brewele, Dollbohrer.

Sein erstes Geld verdient sich der Junge bereits als Kind, während der Kartoffellese. Die Pause mit großen Marmeladebroten ist daran das Schönste.

Als Jugendlicher fertigt er bei *Koziol* Nippes wie Miniklaviere aus Kunststoff und neue Produkte wie Rouletteteller. Eher ein Jux als Arbeit, zusammen mit einem Klassenkameraden und einem Freund.

Für eine alte Frau in der Nachbarschaft mäht er zwei Sommer lang den Rasen. Für zehn Mark, plus eine halbe Stunde Schwätzchen bei Kaffee und Kuchen.

Als Hilfskraft bei Weißbindern wird Speis angerührt und via Flaschenzug im Eimer in den dritten Stock gezogen, müde Arme und schmerzende Blasen inklusive. Heizkörper streichen ist mühselig, Tapezieren nicht einfach. Er lernt, was ein *trockener Bau* ist, dass bis neun Uhr früh schon etliche Flaschen Bier getrunken werden, dass reiche Leute riesige Wohnzimmer haben, die sogar durch zwei, drei Treppenstufen unterteilt sind.

Tapezieren ist auch seine Aufgabe in einer Wiesenmarkt-Vorwoche: Ein einarmiger, immer total verschwitzter Messebauer hat den

Fünfzehnjährigen angeheuert. Am Ende zeigt er Eltern und Bekannten stolz sein Werk in der Ausstellungshalle: den Messestand eines Herstellers von kleinen Springbrunnen für Garten und Haus.

Interessant ist die Tätigkeit am Fahrkartenschalter und in der Güterhalle des Erbacher Bahnhofs. Ältere Herrschaften schätzen seine Hilfsbereitschaft und Zuverlässigkeit. Sein Faible für Geografie zahlt sich aus. Er lernt die Fahrtziele Norddeich Mole und Friedrichshafen Hafen kennen und schreibt die besten Verbindungen heraus. Auch *via Chiasso*. Er weiß jetzt, was Stückgut, Schüttgut, Colli, Paletten, Frachtbriefe und ein Avis sind.

Anstrengend sind die Wochen in der Walkerei einer Tuchfabrik und der Schichtdienst auf dem Darmstädter Güterbahnhof.

Er begreift, warum nach der Schicht nur noch *Bild* gelesen wird, bevor man einnickt. Zu den acht Stunden am Gleis kommen vier Stunden für die Fahrt im Zug oder Bahnbus (morgens um vier Uhr, abends um zehn Uhr) hinzu.

An der Walkanlage hört er jeden Tag einen Vortrag über Joseph Smith, Brian Young und die *Mormonen* und in der benachbarten Färberei Geheimnisvolles über die *Kitzler* genannte *Klitoris*.

Biarritz. Tramperurlaub. Am Stadtstrand. Starker Wellengang. Tollkühne Surfer, US-Boys, braungebrannt, langes lockiges Haar. Schwedinnen, die nicht blond sind und unverblümt begehrliche Wünsche anmelden. Doch da sind zwei hübsche Kanadierinnen, die sich der Gruppe anschließen, offensichtlich über mehr Geld verfügen und für die dieser Strand nur eine von vielen Stationen ihres Europatrips ist.

Der Zwanzigjährige folgt den beiden Mädchen aus Vancouver, S. und T., nach Paris und lässt die Schwedin A. und einen bärtigen Motorradfahrer von der Isle of Man zurück.

Er verfällt S. Doch in Paris begegnet ihm Zögerlichkeit, er lernt Grenzen, erstmals ein Nein und das *American-Express*-Büro (an der Opéra) als Adresse für postlagernde Briefe kennen. Er folgt staunend und gehorsam den aus ungarischen Auswandererfamilien stammenden Schönheiten. Sie und ihre Landsleute erkennen sich am Ahornblatt, das Rucksack oder Pulli schmückt. Er würde niemals die Deutschlandfahne zur Schau stellen.

Fünf Sammelalben. Für jede auf das Sparbuch eingezahlte Mark wird am *Weltspartag* in der Filiale der Kreissparkasse Groß-Gerau ein Bildchen ausgegeben.

Die Alben, die der mütterlicherseits sparsame und väterlicherseits wissbegierige Junge eifrig mit Bildern füllt und mit großem Interesse immer wieder liest, befassen sich mit diesen Themen: *Wilde Tiere fremder Länder*; *Fremde Welt in ferner Wildnis* (hauptsächlich: Indianer); *Die Völker der Erde*; *Deutsche Geschichte* I und II.

DIE ALBEN ERSCHIENEN IM HERBA-VERLAG, PLOCHINGEN. MEINE AUFLAGEN STAMMEN AUS DEN JAHREN 1959-1964. SIE STEHEN BIS HEUTE IM BÜCHERREGAL.

SIE DOKUMENTIEREN ZWEIERLEI: UM 1960 HERUM WAR DIE RASSENTHEORIE DURCHAUS GÄNGIG, JA WIE SELBSTVERSTÄNDLICH VERBREITET BIS IN KINDERALBEN UND SCHULBÜCHER HINEIN. WOBEI, DAS LEGEN DIE PORTRÄTZEICHNUNGEN UND BESCHREIBUNGEN NAII, SICH NICHT NUR DER HERERO VOM FINNEN ODER DER SCHWEIZER EINDEUTIG VOM CHINESEN UNTERSCHIED, SONDERN IN IHRER PHYSIOGNOMIE AUCH

DER FRIESE VOM SCHWABEN ODER DER THÜRINGER VOM PFÄLZER.

ZWEITENS WURDEN IM ALBUM DEUTSCHE GESCHICHTE II DIE FÜR UNSER LAND EINSCHNEIDENDEN ZWÖLF JAHRE FASCHISMUS NICHT BEHANDELT, SONDERN NUR KURZ ERWÄHNT UND IN KNAPPEN WORTEN *SO* BEWERTET: „DAMIT BEGANN DIE HERRSCHAFT DES NATIONALSOZIALISMUS, DIE SO HOFFNUNGSVOLL ANFING UND SO GRAUENHAFT ENDETE."

Sonntagskleidung. Modische Hose und/oder modisches Hemd und/oder modische Schuhe. Zum sonntäglichen Tanznachmittag im *Altdeutschen Hof* oder am Samstagabend bei *Brunners Hans (Café Glenz)* – Livemusik mit den *Black Angels* oder *Stokers* – wird bessere Kleidung angezogen, wie es von Kindesbeinen an schon immer jeden Sonntag üblich war.

In Marburg besucht das Erstsemester ein einziges Mal eine Disco, das *Tiffany's* zwischen Hauptpost und E-Kirche. Die Atmosphäre befremdet ihn, es ist nicht die gewohnte Umgebung.

Der leidenschaftliche Tänzer bricht mit dem Bisherigen. Er zieht keine Sonntags- oder Ausgehkleidung mehr an und taucht ein in das nächtliche Studentenleben. *Club Voltaire, Henninger, Schwarzer Walfisch.*

Inga Rumpf und *Frumpy. How the Gipsy was born.*

Er ist vierzehn Jahre alt. Es gelingt ihm, nicht am Konfirmationsgottesdienst eines Cousins teilnehmen zu müssen. Er nimmt sich an diesem Vormittag das neue Fahrrad von W. – ein Geschenk zur Konfirmation – und fährt damit spazieren, am Schluss mit rasender Fahrt durch die Hohl, Richtung Unterdorf. In der scharfen Kurve an der Dreschhalle stürzt er. Das Rad bleibt heil, nur sein *Nyltest*-Hemd ist verschmutzt. Auf dem Rückweg – zu Fuß auf dem *Wiesepädsche* – betet der sich ungläubig bekennende Junge inständig zu Gott, das Ganze möge gut ausgehen. Seine Tante A. hält zu ihm.

Als Sechzehnjähriger – die Mutter feiert Geburtstag – schwänzt er wegen der vielen anwesenden Tanten und Onkel den Nachmittagskaffee. Er ist zum Würfeln in der Stammbeiz der Clique, beteiligt sich an Jägermeisterrunden, stürzt später während der *Sportschau* in der Fußballerkneipe eine lange Treppe hinunter und verschwindet zu Hause sturzbetrunken in seinem Zimmer. Tante A. versorgt ihn und nimmt ihn erneut in Schutz.

Die Mutter hat in diesen Jahren immer wieder Angst, der Junge werde zum Säufer wie ihr Schwiegervater.

Zur Untermiete will er nicht wohnen, für das Suchen einer WG hat er keine Zeit. Er entscheidet sich (gedrängt vom Vater und weil der Zug zurück in den Odenwald nicht wartet) für das Studentendorf am Ortenberg.

Ein sehr kleines Zimmer, möbliert mit Waschbecken, Einbauschrank, Bett, Schreibtisch quer unter dem Fenster, kleinem Regal. Duschen und Küche auf jedem Stockwerk. Waschmaschine (Münzen!) im Keller, zwei Gemeinschaftsräume, eine Dachterrasse. Seine Zimmernummer: 312.

Endlich selbstständig. Beim Wohnen, Essen, Schlafen. Die Ahnung, dass dies ab sofort für immer so sein wird. Ein neues Leben.

Freiheit. Das wenige Jahre zuvor errichtete Studentendorf erinnert an US-Colleges aus TV-Filmen. Weitläufiger Campus, grün, modern. Jungs und Mädchen, Frauen und Männer. Viele ausländische Studierende. Zusammen. Alle Bewohner mehr oder weniger in seinem Alter, alle verschieden und doch irgendwie gleich.

Hier, im Haus Jung-Stilling, wird er die ersten Semester wohnen. Seine Zimmernachbarin kommt aus Madagaskar, studiert Genossenschaftswesen und hat einen Freund in Westberlin.

**D**er kleine Bruder ist sein Liebling. Er herzt und beschützt ihn. Sie vergeben gegenseitig Spitznamen, *Abu* heißt der Große, *Chef* der Kleine.

Der Große wird erst Jahre nach dem Wegzug in die Universitätsstadt begreifen, wie schmerzlich der Verlust für den Kleinen gewesen sein muss.

Und wie unbegreiflich für R. die abfällige Bemerkung seines großen Bruders ist, als er diesem stolz das selbst zusammengebaute Modell des *Starfighter F 104* vorführt. *Abu* ist für ein Wochenende heimgekehrt und kennt als Antimilitarist keine Nachsicht.

Sein Drachen ist größer als er selbst, sicherlich anderthalb Meter hoch und entsprechend breit. Bespannt mit rotem und blauem Transparentpapier, am Schwanz acht bunte Schleifen. Eine bald fünfzig Meter lange Schnur. Der Vater hat ihn gebaut, der Junge durfte helfen.

Er lässt ihn auf einem Acker am Bienenhaus steigen, nach einigen Fehlversuchen. Er hält die Schnur fest in seinen Händen, schaut weit nach oben, wo sein Drachen taumelt, wieder fest im Wind steht, wieder taumelt, wieder unbewegt steht. Er müsse kräftig ziehen, auf keinen Fall nachgeben, ruft der Vater.

Der Junge ist stolz, freut sich, wird zuhause der Mutter und Schwester davon erzählen. Plötzlich nimmt sein Drachen Reißaus, dreht ab, fliegt über die Bahngleise. Der Junge lässt die Schnur los, der Drachen stürzt jenseits der Gleise auf das *Stahlbau*-Gelände.

Worte sollen es richten. Der Halbwüchsige nennt seine Mutter nicht mehr *Mutti*, sondern *Mutsch*. Das klingt ihm vertrauter und liebevoller. Den Vater nennt er nicht mehr *Babba*, sondern *Vadder*. Mehr auf einer Höhe, kumpelhaft.

Er lernt, dass Worte allein nichts ändern.

Lesestoff. *Das Kommunistische Manifest* und die von G., einem bis Peking funkenden Mitschüler, besorgte *Mao-Bibel* bilden das politische Grundgerüst. Dazu einige Bände Ausgewählter Schriften von Marx, Engels und Lenin, die er auf der Abi-Abschlussfahrt in Prag für kleine Beträge ersteht.

Sartre, Camus, Leo Bauer, Walter Benjamin, Ludwig Marcuse, Eugen Kogon, Sorel, Lukács, Enzensberger. In der Philosophie-AG: Heidegger, Toynbee, Spengler.

Er abonniert die Monatszeitschrift *links*, herausgegeben vom *Sozialistischen Büro* in Offenbach. Regelmäßiges Lesefutter. Er lernt. Lektüre, die seinen Horizont erweitert.

FÜR RUND ZWEI JAHRE ÜBERNAHM *LINKS* FÜR MICH EINE GEWISSE KOMPASS-ROLLE. WER HAT MIR DIE ZEITUNG ERSTMALS IN DIE HAND GEDRÜCKT, WIE BIN ICH AUF DAS BLATT GESTOßEN? ICH WEIß ES NICHT, ERINNERE ABER VAGE EINEN BÜCHERTISCH AM HAUPTEINGANG ZUR FRANKFURTER BUCHMESSE 1968 ODER 1969.

Drehorgeln gehören zur Melodie seiner Kindheit. Der Junge wird sie noch hören, wenn die Drehorgelspieler längst der Vergangenheit angehören und nicht mehr den Weg säumen.

Die Wiesenmarktwoche ist alljährlich der Höhepunkt seiner Sommerferien in Erbach. Ein Volksfest, das für die Einheimischen den wirklichen Jahreswechsel markiert: Vor und nach dem Wiesenmarkt sind allgemeingültige Zeitangaben. Am Wiesenmarkt ist *alles* erlaubt.

Der Weg des Jungen vom einen zum anderen Ende der kleinen Stadt. Aus dem Haus, aus der Straße und dem Viertel hinaus, vorbei an der Brauerei und der Fachschule, beide am Bahnübergang, der den Übergang zur Stadt markiert.

Hinab in die Mitte der Stadt mit Marktplatz, Schloss, Rathaus und Stadtkirche. Die Mümlingbrücke.

Dann wieder bergan, durch die so genannte Vorstadt. Hier stehen oder – sind sie kriegsversehrt – sitzen zwei, drei, auch mal vier Männer mit ihren Drehorgeln. Im Abstand von vielleicht hundert Metern. Die Melodien gehen ineinander über. Dort, wo sich am Ende der Straße bereits der Blick auf den vorderen Teil des riesigen Festgeländes öffnet, werden die letzten Drehorgeltöne vom Lärm der Fahrbetriebe und Menschenmassen geschluckt.

De Wiesemaik zieht.

Niemand kann sich dem Sog des Festes entziehen. Schon in der Straße vor dem großelterlichen Haus taucht der Junge in diesen Strom ein, der hier noch aus wenigen Tropfen besteht. Nachbarn machen sich am frühen Nachmittag ebenfalls auf den Weg, sie gehen in Sichtweite vor ihm oder treten gerade aus ihrer Haustür. Ein kurzer Gruß, Wortwechsel sind nicht nötig. Jeder weiß, wohin es den anderen zieht. Hinter dem Bahnübergang, in der *Mielgasse* (Mühlgasse), die eigentlich Bahnstraße heißt, auf dem Marktplatz und längs der Mümling kommen immer mehr Menschen aus Seitenstraßen hinzu. Dann, dort wo die ewigen Drehorgeln schon zu hören sind, in der Hauptstraße, deren Häuserzeilen die Vorstadt bilden, werden die Menschen auf den Trottoirs zum von unsichtbarer Hand formierten Menschenzug. Erste Wiesenmarktbesucher kommen dem Zug bereits entgegen. Kinder halten voller Stolz bunte Luftballons fest oder werden ermahnt, sich nicht mit riesigen Lutschern oder Zuckerwatte zu bekleckern. Mancher Vater hat bereits genug getrunken. Doch noch niemand wankt ins Nirgendwo.

Der Junge fiebert dem Festgeschehen entgegen, taucht ein in die Budenstraßen, in das Gedränge vor den Fahrbetrieben. Kettenkarussel, Ponyreiten, Autoscooter, Riesenrad. Er riecht schon den Nierenspieß und die Bratwurst, schmeckt schon die gebrannten Mandeln und das Softeis. Er mag am liebsten Fischbrötchen.

Gummibaum und Goldfischglas sind – noch vor dem Kauf eines Fernsehers und des gebrauchten Autos – erste Zeugnisse des sozialen Aufstiegs, der als verdientermaßen bessere Lebensumstände wahrgenommen wird.

Der Junge und seine Schwester dürfen abwechselnd die beiden Goldfische füttern.

Schwere Verletzungen nach einem Autounfall. Die Mutter besucht den Sohn in der Marburger Uniklinik. Drei Stunden Zugfahrt, in einer Stunde muss sie wieder gehen.

Sie bringt ihm Kuchen und viele Grüße mit, tätschelt ihm die Hand, wie sie es sein Leben lang gemacht hat. Sie fragt ihn aus. Er weiß wenig zu antworten.

Zufällig kommen unangemeldet Kommilitonen dazu, wollen ihn überraschen, belagern sein Bett, erzählen und witzeln.

Er schämt sich seiner zurückkehrenden Mutter, die eine Vase für die mitgebrachten Blumen besorgt hat.

Der Primaner legt sich nach dem Mittagessen oft für ein Nickerchen auf die Wohnzimmercouch. Auf seinem Bauch liegt *Elco*, der Zwergdackel, und schläft ebenfalls.

Katzen gehören in Erbach fast immer zur Familie. Keine stirbt eines natürlichen Todes; sie werden überfahren oder vergiftet.

Der Anbau ist fertig, das Haus vergrößert. Die Wohnräume sind kaum wiederzuerkennen. Der Vater ist mit seinem ehrgeizigen Vorhaben am Ziel. Geschafft!

Vom verlängerten Flur gehen jetzt sechs Räume ab: Küche, Zimmer der Söhne, Zimmer der Tochter, Wohnzimmer, Elternschlafzimmer, Bad.

Neue, hellere und leichtere Türen ersetzen die alten. Das Klappern der Türen am frühen Sonntagmorgen – alle sind zuhause, jeder geht irgendwann ins Bad und in die Küche – wird für den Heranwachsenden zum Ton familiärer Enge, zur Melodie des Kleinbürgersonntags. Fluchtgedanken.

DAS KLAPPERN DER TÜREN SITZT TIEF – OBWOHL ES GAR NICHT SO OFT UND PENETRANT GESTÖRT HABEN KANN. IN DEN BETREFFENDEN JAHREN WAR ICH AM SONNTAGMORGEN MEISTENS ALS B- UND DANN A-JUGENDLICHER SCHON FRÜH ZU EINEM FUßBALLSPIEL UNTERWEGS.

Der kleine Junge hat Angst um den Vater und bewundert ihn. Ein sehr kalter Winter. Keine Heizung, nur der Küchenherd spendet Wärme. Die Glasscheiben in der zugigen Wohnungstür werden mit einem Tuch verhängt. Der Vater befestigt den Stoff mit Reißzwecken, hat drei oder vier davon zwischen den Lippen.

Das Kind rätselt, ob die am Ende fehlende Reißzwecke tatsächlich verschluckt wurde.

Mutter und Sohn sitzen fast jeden Nachmittag zusammen. Zur Kaffeezeit, mit Kuchen. Sie ist verzweifelt, weint. Er versucht zu trösten. Zum ersten Mal in seinen sechzehn oder siebzehn Jahren zeigt er vorbehaltlos seine Zuneigung. Er steht jetzt auf ihrer Seite, schlägt die gemeinsame Flucht vor. Sie lehnt ab.

Ihr und ihm fehlt die Tatkraft. Sie kann diesen Schritt nicht in Erwägung ziehen. Er hat keine Vorstellung von dessen Tragweite. Sie wägt ab, denkt an die drei Kinder. Er sieht sich als Retter der Mutter und Sieger über den Vater.

Ich bin überrascht und enttäuscht, als mir meine Mutter drei, vier Jahrzehnte später immer wieder erzählt, seine Antwort auf ihren damals irgendwann verzweifelt geäußerten Scheidungsgedanken sei gewesen: *Dann nimm deine drei und geh!* (Auch in diesem Fall klingt die Dialektversion entschlossener, unbeugsamer.)

Bedeuteten wir dem Vater tatsächlich so wenig? Selbst die härtesten Prügel waren weniger verletzend gewesen.

Erstes oder zweites Semester. Die Eltern besuchen den Studenten. Ein Sonntag. Er zeigt ihnen die alte, idyllische Stadt an der Lahn, sein neues Zuhause, erzählt ungewöhnlich viel.

An der Elisabethkirche begegnet er einem Genossen. Man grüßt sich, die geballte Faust auf Schulterhöhe, *Rot Front!*

Die Eltern schweigen.

Im Rückblick ein extremes Beispiel für den Drang, sich abzusetzen, ein eigenes Ich und eine eigene Welt zu schaffen. (Der Rot-Front-Gruß war keineswegs üblich.)

Shake. Der Modetanz auf der ersten Tanzveranstaltung, die der Vierzehnjährige besucht. Mit seiner ersten echten Freundin, S., mit der er auch Händchen halten darf und die ihn im Kino erlaubt, ihre in Nylonstrümpfe gehüllten Beine kurz über der Kniekehle zu berühren.

Der große Streit bedeutet das endgültige Ende seiner Kindheit. Die Sommerferien bei den Großeltern, die Tanten und die Spieleabende, der Wiesenmarkt als Kindheitserlebnis verschwinden auf einen Schlag in der Vergangenheit. Die Familienbande ist gekappt. Die ersten fünfzehn Jahre seines Lebens bekommen ein neues Gesicht.

Am Weihnachtsabend 1966 – die Mutter ist im Gottesdienst, der Vater hat Dienst – spricht er heimlich mit seiner Oma. Er stammelt, er könne nichts dafür. Verrät seine Mutter.

Gut drei Jahre später steht er im Treppenhaus und schreit wütend und ohnmächtig nach oben, man solle nicht so viel Krach machen, schließlich müsse er sich auf das Abitur vorbereiten.

HEUTE IST MIR VÖLLIG UNKLAR, WANN GENAU UND WIE DER BRUCH VONSTATTENGING. SICHERLICH: UNSERE MUTTER LITT SCHWER UNTER DER SCHWIEGERMUTTER. AUCH DESHALB WOLLTE SIE NIE ZURÜCK IN DEN ODENWALD.

UNSER VATER TRUG DIESEN BRUCH MIT. WAR IHM DIE EIGENE FAMILIE WICHTIGER ALS DIE HERKUNFTSFAMILIE? OB UND WIE ER WEITERHIN MIT SEINEN ELTERN UND DER IM HAUS WOHNENDEN

SCHWESTER KONTAKT HIELT, HABE ICH VERGESSEN, VERDRÄNGT ODER NIE GEWUSST.

DER STREIT UND BRUCH HATTE SEINE EIGENE TONLAGE UND MANCHES MAL EINE UNERTRÄGLICHE LAUTSTÄRKE.

Assimilation und Milieujargon. Ein Telefonanruf. Der frischgebackene Student der Gesellschaftswissenschaften spricht rund um den weihnachtlichen Heimatbesuch mit seiner langjährigen Freundin. Diese hat nie Erbacher Dialekt gesprochen; eine Lehrertochter, deren Hochdeutsch sogar norddeutsche Anklänge hat.

R. fällt ihm während des Telefongesprächs ins Wort: *„Du sprichst so komisch!"*

Die Freiwillige Feuerwehr und ihr Spielmannszug kommen für den Heranwachsenden nicht infrage. Ebenso wenig der zweite Fußballverein der Kreisstadt. Er zieht den FC dem FSV vor, dem auffällig viele Feuerwehrleute angehören. Auch sonst bleibt seine Jungengruppe unter sich.

Daran ändert sich auch nichts, als er, der sich nun für Marx und den Kommunismus interessiert, erfährt, dass im FSV-Umfeld alte, ehemalige Mitglieder der verbotenen KPD aktiv sind. Die Familie L. – einige alte und einige junge Familienmitglieder kennt er vom Sehen – stellt auch Feuerwehrmänner.

DIE IDENTIFIZIERUNG DES EINEN MILIEUS ALS RANDSTÄNDIGEM ARBEITERMILIEU, DES ANDEREN ALS DAS DER IN DER KREISSTADT DOMINIERENDEN KLEINBÜRGERLICHEN UND BÜRGERLICHEN KREISE GELANG MIR ERST SPÄT. INTERESSANT: MEINE „ENTSCHEIDUNG" FÜR DAS EINE UND GEGEN DAS ANDERE WAR „UNBEWUSST" – DER LEISTUNGSSTÄRKE DER FUßBALLMANNSCHAFT, DER ATTRAKTIVITÄT DER MÄDCHEN, DER SCHULKARRIERE WEGEN. SCHWIERIG.

Italien. *Don Camillo und Peppone.* Beliebte Fernsehunterhaltung Ende der Fünfziger-, Anfang der Sechzigerjahre. Ein katholischer Pfarrer und ein kommunistischer Bürgermeister. Fernandel mit Pferdegebiss, langer Kutte, großen Füßen, sehr weltlich. Gino Cervi, dessen Schnauzbart und Gesichtszüge ein wenig an Stalin erinnern, mit rotem Halstuch und eher griesgrämig die Faust ballend. Alte Kumpane aus der Partisanenzeit, jetzt Konkurrenten um die Gunst der Bevölkerung ihrer kleinen Stadt.

Der Zehn- oder Zwölfjährige lacht sich schief, ist fasziniert und bereits befremdet. Woher die Selbstverständlichkeit des 50:50, des Mit- und Gegeneinanders, des lautstarken Meinungskampfes mittels Kirchenglocke und Lautsprecher?

KOMMUNISTEN. MENSCHEN WIE DU UND ICH. FÜR DEUTSCHLAND UNDENKBAR.

Fußball liegt am nächsten. Er wird den Jungen über Jahrzehnte begleiten. Leichtathletik käme in Frage, doch nur im Schulsport bieten sich dafür Möglichkeiten. Die *Spikes* für die Wettbewerbe der Bezirksmeisterschaften der Gymnasien muss er sich leihen. Am Böllenfalltor wird er in Darmstadt Zweiter im 75-m-Lauf, Zweiter mit der Gernsheimer Staffel und Erster im Weitsprung.

Tennis kommt in den Jugendjahren nicht infrage, liegt außerhalb der Möglichkeiten, ja auch der Wünsche. Dieser Sport gehört einer anderen sozialen Schicht. Kinder von Ärzten, Anwälten, Lehrern usw. (Ähnliches gilt für die Trachten- und Tanzgruppe *Hans von der Au*, deren Treiben zudem zu altmodisch ist.) Mit einigen der Jungen und Mädchen teilt er im Gymnasium die Schulbank.

Drei Jahre später kauft er sich, Student im zweiten Semester, seinen ersten Tennisschläger.

Das Abiturzeugnis, seine Eintrittskarte in eine neue, andere Welt, holt sich der Neunzehnjährige im Sekretariat der Schule ab. Formlos, ohne Aufhebens. Wie alle seine Mitschüler.

Die Klassen des Jahrgangs haben sich gegen die traditionelle Abiturfeier und das übliche Procedere der Zeugnisübergabe entschieden.

HEUTE BEDAUERE ICH SEHR, DASS NOCH NICHT EINMAL EIN FOTO DER OIB EXISTIERT.

1968 HATTE ICH ALS SCHULSPRECHER AUF DER ABIFEIER NOCH EINE FLAMMENDE, IN DER ELTERN-SCHAFT UND LOKALZEITUNG AUFSEHEN ERREGENDE REDE GEHALTEN. 1970 ENDETE DIE EIGENE DREIZEHNJÄHRIGE SCHULKARRIERE MIT DEM GANG ZUM SEKRETARIAT UND DER ENTGEGENNAHME EINES BRAUNEN DIN-A4-UMSCHLAGS.

Der Student fährt in den ersten Monaten jedes Wochenende nach Hause, des Fußballs und der Freundin wegen. Dann bereits seltener. Nach einem oder zwei Jahren nur noch ganz selten; zu Geburtstagen, Weihnachten, Ostern, zum Wiesenmarkt.

Während jeder Heimfahrt, immer mit der Bahn, nimmt er sich vor, von sich zu erzählen, sein neues Leben den Eltern verständlich zu machen, sich zu bedanken. Und während jeder Rückfahrt – meist Sonntagabend – ist er enttäuscht, verärgert, traurig, dass er sein Vorhaben nicht realisiert hat.

Die Sprachlosigkeit nimmt bizarre Formen an. Die Entfremdung ist spürbar, ohne laute Töne, ohne wilde Gesten.

Seine Horizonte sind nicht ihre.

Horizonte zu erreichen bedeutet auch, Wurzeln kappen zu müssen. Jeder Schritt bedeutet Entfernung und Veränderung.

HEIMAT UND HERKUNFT. MANCHMAL EMPFINDE ICH DIE UNLÖSLICHE BINDUNG WIE KAUGUMMIRESTE AN DEN SCHUHSOHLEN.

Der letzte Schritt liegt hinter ihm. Er hat ihn mit Erfolg getan. Sie sind stolz und haben ihren Stolz nicht verheimlicht. Nachbarn gratulieren, auch Tanten, denen er ab dem frühen Kindesalter als *sehr gescheit* galt.

Mit dem Studium, der Fächerkombination und dem Abschluss können sie nichts anfangen, mit der Eins im Diplomzeugnis schon. Das zählt, beweist, was sie schon immer gewusst hatten. Gescheit wie Opa M. und niemand nach diesem. Jetzt er.

Er ist der Erste und bleibt das einzige von fünfzehn Enkelkindern, die sich Opa M. und Opa G. teilen, das nach der vierten Volkschulklasse auf ein Gymnasium hat gehen können und nun sogar ein Universitätsdiplom in der Tasche hat.

Sie glauben, die Welt stehe ihm offen. Er sei bald *ein gemachter Mann*. Er habe es *geschafft*. Glückwünsche, Lob und Scherze, die Stolz und Neid vereinen. Schließlich hat man selbst auch etwas erreicht.

Doch doch, er hat es verdient. Er war schon als kleiner Junge sehr gescheit. Ihm steht das zu. Schließlich ist A. der Älteste unter drei Kindern. In der Reihe der Enkelkinder kommt er zwar erst an dritter Stelle, doch die beiden älteren sind als Mädchen geboren.

Man wünscht ihm alles Gute.

Er werde hoffentlich nicht vergessen, wo er *herkomme*.

SOZIALER AUFSTIEG. MEIN DASEIN WAR – BEI ALLER DYNAMIK UND UNWEGSAMKEIT – FÜR LANGE ZEIT EIN IN ZWISCHENWELTEN VERHARRENDES.

Editorische Notizen

Die Zitate auf Seite 5 sind folgenden Texten entnommen:

Annie Ernaux, Erinnerung eines Mädchens (Aus dem Französischen von Sonja Finck), Suhrkamp Verlag, Berlin 2018, 2. Auflage, Seite 103.

Nora Bossong, Schutzzone, Suhrkamp Verlag, Berlin 2019, Seite 89.

Peter Stamm, Die sanfte Gleichgültigkeit der Welt, S.Fischer Verlag, Frankfurt am Main 2018, Seite 153.

Ich danke Elke für die Fehlersuche, Friedhelm für anregende und anstrengende Gespräche sowie Hanne und Christoph, die im rechten Moment beiläufig zur „kontrollierten Selbstentblößung" ermutigt haben.

Petra gilt wie immer mein besonderer Dank – für Einwände, Vorschläge, Nachsicht und die stete Unterstützung.

Wer sich für meine bislang erschienenen Romane, Erzählungen und meine Kindheitserinnerungen interessiert, sei auf die folgenden Seiten verwiesen.

Was der Autor dieser Zeilen sonst treibt, kann beispielsweise auf www.ae-texte.de erkundet werden.

Weitere Bücher von Albert Engelhardt

Das blaue Boot

Erzählungen
2021
ISBN 9783752659887

Zehn Geschichten über das Schweigen, über Lebenslügen, Erinnerungen und Glück.
Begegnungen am Ende des Lebens und in den Wirrnissen mittendrin.

Die Villa am Rhein

Drei Erzählungen
2020
ISBN 9783751969949

Drei Paare sind in den Rheingau eingeladen. Illegaler Kunsthandel, die turbulente Zeit der
Wende und ein düsteres Geheimnis.

Blicke und Begegnungen

Erzählungen
2020
ISBN 9783750430945

Eine kurze Zugfahrt, ein ganzes Leben, eine geheimnisvolle Bretonin und ihr junger
Liebhaber, Alenka und fünf dankbare Männer, eine Bibliothekarin und ein Kirmesboxer.

Das andere Land
oder
Siesta am Kanakenbunker

Roman
2019
ISBN 9783741275760

Frankfurt-Bockenheim zwischen 1990 und 2015. Ein Straßenfest und ein feuchtfröhlicher
Kneipenabend. Eine junge Polin verliert ihr Leben, drei Männer werden verhört.
Fünfundzwanzig Jahre später ist der Tod immer noch nicht aufgeklärt. Die Vergangenheit
holt die drei Männer ein.

Wolkenschieber
oder
Drei Sommer am Cap

Roman
2018
ISBN 9783752828283

1977. Zwei Marburger Studenten und ihre Freundinnen verbringen in der Bretagne ihre
Sommerferien. Die langjährige Freundschaft zeigt Risse.
1992. Illusionen sind zerstoben. Zweifel gewinnen die Oberhand. Die sonnigen Wochen am
Cap Fréhel können Enttäuschungen nicht überdecken.
2007. Ein geselliger und vielstimmiger Abend beschließt den gemeinsamen Bretagne-
Urlaub. Alte Freunde, neue Liebschaften, Wehmut und Abenteuerlust.

Golle

Eine Kindheit in Goddelau (Ried)
1955 – 1965

2020, Paperback, 106 S., 9,90 Euro (ISBN 9783752629088)